蜀書二十四品

庞惊涛 ◉ 著

四川人民出版社

图书在版编目（CIP）数据

蜀书二十四品 / 庞惊涛著. -- 成都：四川人民出版社，2022.10
ISBN 978-7-220-12800-4

Ⅰ.①蜀… Ⅱ.①庞… Ⅲ.①中国文学－当代文学－文学评论 Ⅳ.①I206.7

中国版本图书馆CIP数据核字(2022)第172983号

SHUSHU ERSHISI PIN

蜀书二十四品

庞惊涛 著

出 品 人	黄立新
策划统筹	石　云
责任编辑	石　云
责任校对	傅有美
封面设计	李其飞
版式设计	戴雨虹
责任印制	祝　健
出版发行	四川人民出版社（成都三色路238号）
网　　址	http://www.scpph.com
E-mail	scrmcbs@sina.com
新浪微博	@四川人民出版社
微信公众号	四川人民出版社
发行部业务电话	（028）86361653　86361656
防盗版举报电话	（028）86361653
照　　排	四川胜翔数码印务设计有限公司
印　　刷	成都蜀通印务有限责任公司
成品尺寸	130mm×185mm
印　　张	8.75
字　　数	156千
版　　次	2022年11月第1版
印　　次	2022年11月第1次印刷
书　　号	ISBN 978-7-220-12800-4
定　　价	58.00元

■版权所有·侵权必究
本书若出现印装质量问题，请与我社发行部联系调换
电话：（028）86361656

作者简介：庞惊涛，四川南充人，居成都温江。四川省作协散文委员会委员，省文艺评论家协会会员，成都文学院签约作家，成都市作协散文委员会主任，钱学（钱锺书）研究学者，蜀山书院山长，书评人。出版有《啃钱齿余录》《钱锺书与天府学人》《青山流水读书声》《看历史：大区域视野下的人文观察》等著作，2021年加入中国作家协会，现供职成都传媒集团成都时代出版社。

心手相应的自由书写
——代序
王兆胜

《蜀书二十四品》以司空图的《二十四诗品》作牵引，专门评说关于蜀地的二十四部著作，让人眼前一亮。二者虽不是一一对应，但仿佛是抛出的丝线，作者用司空图钓起笔下的研究对象，既高屋建瓴，又有独特的审美感受，令读者一下子进入一个明澈通透的境界。像一个乐队，在指挥棒的引导下，发出完美和谐的音调；也像一首散文诗，首句就紧紧拨动了读者的心弦。

《蜀书二十四品》虽立足于蜀地一隅，但用的是广角镜头，给人以天高地迥、海阔天空之感。在《蜀书二十四品》中，有长篇小说论，有散文随笔谈，有电影戏剧研究，有人物传记分析，有报告文学探究，有诗词歌赋评释，有人物访谈对话，体现为文学艺术的兼收并蓄；对于蜀地的描写也是丰富多彩，人物、事件、地域、山川、草木、形胜、气候、风俗等都有涉及，充分显示了一方水土养一方人的独特世界；作者没停留在狭窄的空间，而是在古今中外的比较中，进行历史的动态梳理和阐述，给人以兼容贯通的气魄；虽主要是文学，但又不限于此，而是文史哲相通，又有社会学、文化学、生物学、心理学、美学、地理学等视角和研究方法，极得广博宏阔之势，兼具多学科和跨学科之长。因此，《蜀书二十四品》表面看来是一部文学艺术评论集，实则是一部跨学科的历史文化思想哲学总集。读这部著作，像走进琳琅满目和五彩缤纷的神奇世界，《蜀书二十四品》以天地之宽将众生世相容纳其中，让人感到应接不暇和美不胜收。

情思融会与钟毓性灵是本书的另一特长。当前，学院派文学艺术评论最大的问题是被概念缠绕，易受到学科知识阻隔，变得越来越八股，甚至面目可憎。感悟式文学艺术批评往往陷入感性认知，容易使才滥情，缺乏应有的节制和理论深度。《蜀书二十四品》注重情思结合，在强调思想穿透力的前提下，又注入情感和灵性。这既需要识见、胆气、才情，又需要悟性、灵气、智慧，还需要节制、平衡、定力。在评茶人唐丽娟的《小日子茶》时,作者用的是"茶人与察人的能量场",笔法是诗人情怀,却又以平淡出之,充满知人论世、品藻人物、得天地之道的智慧。文章写道:"茶的无阶级,就是唐丽娟与燕露春的无阶级。再进一步说,即便茶有品级,但唐丽娟与燕露春对茶客是没有品级之分的,这就看出了她能量场的非同一般。"一个转笔,文章又写道:"她们也要讲自我的修为,在天地自然里吸取茶气的营养,然后在待人接物里悟道,茶与水都成了她观世察人的道具,所以也可以说她们还兼有道家道法自然的大智慧。"在此,茶与人之间,品性与智慧是相通的,人也在茶中悟道。在研究赵琨的影视文艺评论集《我见陈道明》中,庞惊涛用了《从"我见""主见"到"共见""高见"》这样的概括,是思想、情感、灵性、智慧的融通创新,这是一般学院派研究很难达到的。因此,读《蜀书二十四品》,既能时时看到思想的火花爆开那一瞬,又有心灵情感的绽放,还有内在化的诗意盎然,更有智慧层面的会心之顷,就如同春日花开后芬芳大地的姿容给人的美好感受是一样的。

辩证思维在庞惊涛的笔下俯拾皆是,使《蜀书二十四品》充满中正和谐之美。一年有二十四节气,这是司空图《二十四诗品》的基础,也为《蜀书二十四品》确立了基调,这是得天地正气的关键。作者在本书中,不论是谈"道可致",还是以书法之正喻人,或是在追求传奇时不违逻辑常识,抑或是强调人民正义,都可以看到这种辩证性。在评析黄勇的《走马锦城西》一书时,作者写道:"作家将这些人民记录化在了他流水一般的文字里,但很多时候,我们常记住了藩王,而淡视了流水。"这是作者辩证地理解英雄与民众、高贵大人与平民百姓的注释。另外,在情与理、城与乡、诗的灵动与史的厚重、彩与素、历史的风景与风景的历史、世俗性与诗性及其神性、民间力量与学人视野、偏爱与史实之间,《蜀书二十四品》也都以辩证思维进行架构与论述,避免了偏于一极的狭隘与失误,达到了中道而行、中和之美的艺术效果。以黄勇的《走马锦城西》为例,庞惊涛认为,从负面理解张献忠对蜀地的破坏固然重要,但也要看到二百年明朝的清平治世的优悠历史。这种辩证眼光使他有了诗意的感叹:"末世乱象是晚秋荷塘里的几支残荷,治世平局是它接天莲叶无穷碧的样子,残荷有它别样的美,但我相信,更多人愿意看到'接天莲叶无穷碧'。"这样的观点是中正的。庞惊涛在阐释罗伟章的长篇小说《谁在敲门》中谈到"大姐夫"这一形象："他既平易近人,也居高临下;既大度豪气,也锱铢必较;既粗枝大叶,也心思缜密;既能高屋建瓴,却也井底窥天。"可见,在对复杂人物的把握中,其评说是有辩证性作支撑的,不会偏于一端。

细针密线与"十目一行"的功夫,使《蜀书二十四品》坚实有力和力透纸背。天马行空式的书论是需要基本功的,也建基于深入的研究和细致的思考,否则就如同沙滩建塔般难以长久。庞惊涛曾表示,文史哲汇通并不能做简单化理解,而需要先有文学、史学、哲学的专业底子,然后才能谈跨学科贯通;他还认为,评论研究要推己及人、重视细节、关注小人物,方能有大情怀和高境界。这在从方言角度研究周恺的长篇小说《苔》,将杜阳林的长篇小说《惊蛰》与高尔基的《在人间》进行细致比较,还有把萧子屈的长篇小说《王牌解码》与西方推理小说一一比照,以及细读龚学敏的《像李商隐那样写诗》,都可作如是观。在评价赵琨写陈道明时,庞惊涛如此条分缕析："他将喜好、兴趣转化为持久的关注和精深的研究,再挟热情、才气、勇气和蛮力以及巧手绣花的功夫，穷8年（2013—2020）精力，将陈道明40年演艺生涯及几十部影视剧作品熔于一炉、烩于一锅，抽丝剥茧、去粗取精、一心一意、九蒸九制，最终'我见'出了一个别样的陈道明及其'艺术人生'。"很显然，在这样的细致叙述中，包含了作者在细密处用功用心的秘诀。

当下的文学艺术评论面临难以突破的瓶颈问题。或被资料与概念左右，多是别人的话，没有自己的话；或停留于知识的层面难以自拔，缺乏思想性；或脑大于心，甚至无心，导致生硬死气的文风盛行；或信马由缰，无所适从，放任自流，缺乏节制。从这个意义上说，庞惊涛的评说是我手写我口、我口说我心，是从知识到思想再到灵性和智慧的自由艺术表达，所以颇有感染力和艺术魅力。也可以说，读其文想见其为人，是一种精神享受。

当然，本书各章节也有不平衡的局限，整体感和系统性不足，特别是在如何推进文学艺术批评研究的本体建构方面还有较大的提升空间。这是我对今后的庞惊涛的期待与祝愿！

（作者为中国社会科学杂志社副总编辑、二级教授、博士生导师）

目 录

第一品　缜　密

科幻小说的空间建构
——以《时空迷阵》为例 002

第二品　流　动

诗的灵动与史的厚重
——读诗人赵晓梦的长诗《钓鱼城》 011

第三品　清　奇

方言写作的对抗与妥协
——以周恺长篇小说《苔》为对象 021

第四品　旷　达

绘事后素
——读作家何永康的散文集《野墨集》 036

第五品　**高　古**

再谈文学叙事的历史意识
　　——读作家张花氏的历史随笔《东坡茶》............048

第六品　**典　雅**

祖鞭先著与社酒先尝
　　——读作家林赶秋的历史随笔集《古书中的成都》057

第七品　**自　然**

一次成功的文学画像
　　——读作家凸凹的长篇小说《汤汤水命：秦蜀郡守李冰》...062

第八品　**实　境**

风景的历史与历史的风景
　　——读作家黄勇的历史随笔集《走马锦城西——五百年前的诗意成都》.................................075

第九品 **委　曲**

找到诗的诗性与神性
——读诗人龚学敏的《像李商隐那样写诗》.........082

第十品 **疏　野**

类型小说的分野与合流
——读作家泽波的长篇小说《漂木》.................088

第十一品 **沉　著**

最大限度地回到历史现场
——读作家章夫的历史随笔集《徘徊：公元前的庙堂与江湖》..095

第十二品 **含　蓄**

从"我见""主见"到"共见""高见"
——《我见陈道明：用角色与观众交流》的表演艺术研析进阶...105

第十三品 洗 炼

民间力量与学人视野
——读学者杨玉华的《成都最美古诗词一〇〇首详注精评》……………………………………………112

第十四品 劲 健

西方推理叙事的越界与反超
——读作家萧子屈的长篇小说《王牌密码》………119

第十五品 悲 慨

三层内核,层层剥解
——读作家张书林的长篇小说《白日梦》…………125

第十六品 冲 淡

乡村政治学的细密演绎
——读作家罗伟章的长篇小说《谁在敲门》………136

第十七品 超　诣

探求灵魂的气息

——读作家马平的长篇小说《塞影记》..............148

第十八品 纤　秾

茶人与察人的能量场

——读茶人唐丽娟的《小日子茶》.....................160

第十九品 雄　浑

道可致而不可以求

——读蒋蓝《蜀人记——当代四川奇人录》.........167

第二十品 精　神

与《在人间》的苦难叙事互阐

——读作家杜阳林的长篇小说《惊蛰》..............178

第二十一品　形　容

认识杜甫的十六个侧影

——读诗人向以鲜的人物传记《盛世的侧影：杜甫评传》..................192

第二十二品　绮　丽

事件与时间中的《吾儿吾女》

——基于齐泽克的哲学解读与王安忆的文学理论 ..212

第二十三品　飘　逸

大爱无疆的时代画卷

——报告文学《我用一生爱中国：伊莎白·柯鲁克的故事》略论..................236

第二十四品　豪　放

同情与偏爱

——评韩玲对藏地玉观音《阿扣》的文学创造....246

跋..................257

第一品 缜密

蜀书二十四品

是有真迹,如不可知。意象欲生,造化已奇。

——司空图《二十四诗品》之十四:缜密

《时空迷阵》,贾煜著,江苏凤凰文艺出版社,2018年版

科幻小说的空间建构
——以《时空迷阵》为例

剥去科幻的外衣,这部科幻小说的内核其实是要深刻地展现21世纪初叶城市生活的隐忧和城市人的信仰危机。尽管作家贾煜在以前的多个中篇作品里都表达过这样的主题,但无疑,她这部长篇科幻处女作对这一主题的表达似乎更淋漓尽致,或者说,她要揭示城市空间对于人的价值和意义的企图、动机更为突出。这似乎暗合了威尔斯科幻小说的空间建构方法论,即跳出星际太空、自然荒野等热度空间的约束,回归到日常生活的主场——城市之中,去构建和开拓科幻小说的空间。

这个空间选择的好处在于,在一定的科学元素、相对的逻辑自洽基础上,使小说具有相应的人文思考,而这,恰好是当下科幻小说最为稀缺的品质。作家贾煜长期生活在城市,深谙城市生活光鲜亮丽的皮相下斑驳陆离、幽微复杂的本质，更对生活在其间的忧患、焦虑和失审深有感受，以成都为背景的空间建构里，既有日常生活的亲切感，也有跳出日常的疏离感和荒诞感，更有城市日常异质化的梦幻感——而梦幻通常距离科幻一步之遥，或者是互为阐释，这就见出了梦幻在科幻小说写作中的力量和价值。也因此，"夜来无梦过邯郸"（钱锺书《赴鄂道中》，《槐聚诗存》）的意境是诗人的，对于科幻小说写作者，则更希望"梦中有梦梦相连"。

中国人不太相信梦是一种神谕的力量，但热衷于用中国传统哲学思想去解读梦在现实世界的意义，这其中就充满了星象的奥秘。梦的科学定义当然指向人的生理现象，但由于这种生理现象对人的心理会产生直接的影响，所以在一梦醒来之后，努力捕捉梦中微弱的空间信息和人际活动信息，成为人们最大的乐趣所在，对于写作者而言，梦境就可能指向某种小说的想象之境。中国古典文学传统里，以梦为主题的小说实在可以说得上汗牛充栋，这大约应该是科幻小说的最早形态，比如唐代沈既济的《枕中记》、李公佐的《南柯太守传》等，细论起来，就比玛丽·雪莱的《弗兰肯斯坦》早了很多。但鉴于唐传奇和现代意义上的科幻小说是两个风马牛不相及的体系，所以说"最早的科幻小说在中国"并不见得会受到广泛的认同，但唐传奇乃至唐以后小说中以梦为主题的作品对现代意义上的科幻小说必然会形成某种有价值的启发，这是不容置疑的。

贾煜在构思《时空迷阵》时，是否受到某次梦境的"神谕"，我不得而知，但她为《时空迷阵》建构空间时，受中国古典文学作品中以梦为主题小说的影响，则有相当的可能。何以见得？试分析阐释如下。

《时空迷阵》打造了一个"时空瓮"，所有的场景都囊括在这个"时空瓮"中，这有点像《南柯太守传》中古槐树下的"蚁穴"。东平人淳于棼梦入槐安国，经历一番荣华富贵，最后醒来，发现自己经历的槐安国和檀萝国，都只不过是蚂蚁的巢穴而已。这种一个空间、多点发射、循环回归的主体空间设计，在《时空迷阵》中体现得更为明显，且更具有当代性和未来性。顾小禹等六人，从同时上一辆公交车开始，以"时空瓮"为主体空间，先后被"发射"到陨洞、荒漠、冰途、孤岛等多个空间中，然后又回归到公交车上。两相比较，不难看出这种空间建构的取法痕迹。在宋人刘斧的《青琐高议》里，我们更容易看到这种相似的空间建构，后者很可能就是直接"临摹"了前者的空间建构方法：益州人袁道游西池，偶遇一和尚，和尚引他进入一室。袁道见室有一个巨瓮，打开巨瓮，却发现瓮内是一派明朗的世界，里面有楼台亭阁，人马往来，恍如人世。袁道自此进入瓮中，经历一番荣华富贵。在《青琐高议》里，瓮的意象对《时空迷阵》中"时空瓮"的意象的启发，几乎是宿命性的，这就看出了中国古典文学对当代科幻写作的影响力何其强大。从《南柯太守传》到《青琐高议》再到《时空迷阵》，这种主体空间的相似性，是一脉相承的。

但《时空迷阵》在空间建构上，有着强大的时代突破力，且呈现出来的人文思考更多元，它贴合和因应着这个时代对人性回归的某种需要，这是作为今人的贾煜学古而不泥古的精灵之处。小说当然要展示人性的复杂性，并清晰地标明自己的爱憎，科幻小说也必然要面临这样的写作考验，不能说科技加持下的人类就完全脱离了情感的操控。《枕中记》《南柯太守传》和《青琐高议》的局限在于，它们的人文思考只停留在"人生如梦"这个维度上。相比之下，科幻小说的人文思考空间则要大得多。贾煜在《时空迷阵》里，用较多笔墨去揭示特定时空环境下真实的人性，并试图对生命的意义这样宏大的问题进行探讨，使得人文思考超越科学元素而使科幻场景的炫丽和离奇退到了小说的第二序列，展示了贾煜初出道即对小说思想性相当的驾驭能力。我尤其看重"致命爱情"这个章节中的人性"探险"，它照见的是这个时代甚至是未来时空中，越来越典型和突出的畸形的两性关系，即越来越趋向于中性甚至是无性别的一种情欲控制。具体到顾小禹这个人物上，他从事业和感情双线失意的低谷里，进入到"时空瓮"这个主体空间中，经过一番惊险、曲折、离奇却在情理中的经历，完成了对自我性的超越，他也像一面镜子，照出了其他人性的暗淡和阴弱，使得整部小说中的人性世界，都得到了整体性的提升。事实上，将众多人物放置在一个特定的空间中进行"改造"，以达到某种人文思考的构思，这在当代小说中颇为多见，倒并非是科幻小说的专有现象，只不过，这种人文思考在科幻小说中显得尤其难能可贵。

更进一步说，《时空迷阵》还有对西方科幻小说空间建构的取法上。具体而言，就是贾煜有对威尔斯科幻小说空间建构方法的借鉴。赫伯特·乔治·威尔斯是英国杰出的科幻小说先驱，他笔下的科幻小说大多以伦敦为背景。《时空迷阵》中的实体空间，当然不会是威尔斯笔下的伦敦，但贾煜没有选择她熟悉的地矿系统野外空间，而是选择成都这个处在科技发展和城市空间变迁之下的特大城市，似乎从科幻意义上突出了这个传统而时尚的城市的未来感，她对科幻小说时代命脉的把握真可谓一击而准。对成都这个城市熟悉的读者，不难在《时空迷阵》里看到这种空间建构的亲切感，它使成都再一次通过科幻小说呈现出来一种迷人的未来气质。鉴于科幻小说中的空间是富含象征意义的场域，我们显然不能对《时空迷阵》中成都城市空间建构的思维取向漠然视之。再联系到成都成功申办第81届世界科幻大会这个最新动态，这更加深了我对"《时空迷阵》有意识地以成都为背景构建想象空间"的大胆推测。未来，相信还会有更多科幻小说以成都这个城市为主体空间，只不过，它们会面临和今天不一样的空间建构的现代性问题。贾煜未来的科幻小说，也必然会以成都为主要场域展开，这是她对生活和思考的母地的熟悉性和亲近感所决定的，和威尔斯生活和思考的伦敦一样，他们只有在母地的照顾下，才能展开空间建构的想象之翅。

"科幻小说不是好写的，不可以为一进入'幻想'我们就自由了。"王安忆在《小说与我》（广西师范大学出版社，2017年版第120页）中为科幻小说和现实世界的关系做出了如此精妙的阐释：其实，所谓"幻想"是基于现实世界的蓝本，而且还比具体的现实更多一种逻辑，就是科学定律。这句话应该成为致力于科幻小说写作者的圭臬。具体到《时空迷阵》这部科幻小说，科学定律的逻辑自洽性不够可能是它很明显的不足，甚至可以说，它的科学定律距离真正的形成还有不小的距离。"时空瓮"的意象从中国古典文学中的小说化来，这是传统营养对当代科幻小说写作最好的滋养，但不应该成为一种桎梏或者约束。西方科幻小说的空间建构也当然要照顾到"四个自信"下的中式思维，另外，关于科学伦理和道德探讨，《时空迷阵》尚未有突进的倾向。这些，都是考验贾煜未来写作的具体问题，就这点来说，《时空迷阵》还有不小的提升空间。

但好在贾煜对城市主体空间在科幻小说中的摆

位问题有很好的认知能力,她对空间建构的意义的认识,已经展示出了她作为一个科幻小说作家相当的成熟度。空间的问题处理好了,时间的关系在科幻小说中的重要性,她才会有更深刻的领会,由此,新的科幻小说故事就可能不"梦"而来了。

第二品　蜀书二十四品　流　动

若纳水輨，如转丸珠。夫岂可道，假体遗愚。

——司空图《二十四诗品》之二十四：流动

《钓鱼城》，赵晓梦著，中国青年出版社，2019年版

诗的灵动与史的厚重

——读诗人赵晓梦的长诗《钓鱼城》

诗人赵晓梦长诗《钓鱼城》用接近一半的篇幅，对他的1300行长诗进行审慎而翔实的注释，不仅极大地增强了长诗本身的可读性，也为长篇叙事诗增加了厚重的历史感。诗宜隐讳，尤其是当代诗，注释往往被看成"画蛇添足"而多被诗人所不取。《钓鱼城》注释的出现以及执意强化，无疑为当代新诗，尤其是长篇叙事诗创作技法的创新和突破提供了一个有价值的示范。

《钓鱼城》诗注的方法

和历史上的古典诗注传统理路不一样，《钓鱼城》的诗注不是后人对前诗的补注，而是作者在创作《钓鱼城》时即已架构好的一个重要内容，是诗人自己写作并自己注释。细读《钓鱼城》的十七条注释，可略窥作者赵晓梦的传统阐释学旨趣。他对《钓鱼城》的创作，在明确诗史互重的前提下，实则更偏向于"史"，即通过注释来完成对历史的解析求证，而不是通过注释来延长诗的抒情。由于《钓鱼城》呈现了一定的古典注释学的面貌，这就使《钓鱼城》的整体文本显示出史著严谨客观的学术气质，而不单纯体现为诗的浪漫与灵动。因此较之其他相类的长篇叙事诗，《钓鱼城》更具有启发性和创造性。

中山大学中国古文献研究所研究员、中文系博士生导师陈永正先生在他的《诗注要义》一书里，对诗注提出了文学与文献学兼重的学科要求，以此可以移来解释《钓鱼城》的诗注方法论：长篇叙事诗高度的文学性与文献的高度严谨性结合，两种学科在赵晓梦精巧的糅合下，使诗的部分呈现了文学的灵动，而文献的部分，则呈现出了史的厚重，实则体现为历史的分量，二者相得益彰，互借光辉，合成双璧。

在具体的注释选择上，《钓鱼城》显示了作者便于读者理解和历史辩论为主的原则。因此，十七条注释，几乎没有一条和诗本身的情绪以及意境相关，而是紧扣历史人物、地名以及名物展开。其材料选取，也注意在充分利用《元史》等官方正史资料的基础上，兼而采用地方文献、志书、行状、笔记、见闻录乃至出土文物，以客观呈现诗所不能呈现的历史面目，给读者提供一个自行辨别历史的机会。如关于蒙哥死因和死地的注释、蒙哥葬地"起辇谷"的注释，都最大可能地将作者所掌握的史料客观呈现，读者在激发诗情之余，也可以通过注释，弥补蒙元史认知的不足，并构成自己的史实判断。这种诗注方法，也使《钓鱼城》这个长篇叙事诗，兼有了历史随笔的副翼。

特别值得一提的是，《钓鱼城》中对内部资料的运用，可能会为正统史家所忽略和轻视，但赵晓梦却理直气壮地将它引在了注文中，体现了一种诗注的开放态度。显示为内部资料的《钓鱼城历史学术讨论会论文资料集》，是1981年10月15日至20日在合川召开的钓鱼城历史学术讨论会专家论文的结集。虽然是内部资料，但专家论文仍然很有史料价值。我在写作《杭州的儒家与书院文化》一书时，也特别注意杭州及所辖区（市）县编辑整理的"内部资料"，它们虽然不是正规出版物，但由于大多是地方政协牵头整理的文史资料辑，往往于史有补。赵晓梦在《钓鱼城》中的史料注释，特别注意对"内部资料"的运用，可能和他作为合川人，十分谙熟并能全面掌握地方文史资料相关。

《钓鱼城》诗注的情怀

古典诗注特别注重注者的才学，"以才学为注"历来是中国古代诗歌阐释的传统模式。《钓鱼城》的诗注，虽也不乏才学，但敝人以为，《钓鱼城》诗注的可贵之处，仍在情怀，即诗人在注中所体现的历史态度和观念。

史学家陈寅恪先生在《金明馆丛稿初编·读哀江南赋》中云："古今读《哀江南赋》者众矣，莫不为其所感，而所感之情，则有浅深之异焉。其所感较深者，其所通解亦必较多。"这种浅深之异体现在《钓鱼城》的注释中，正是注者本人所持的史观是否为读者所感染认同。我注意到，赵晓梦在《钓鱼城》的注释中，倾注了诗人特别的敏感和人文关怀。如对王坚的抱屈，则不失为"史家"的诗性流露。

《钓鱼城》注释第十三条："蒙哥死后钓鱼城

之围立解这是事实，这也是守城主将王坚最光辉的业绩，仅此一条他也足以位列南宋名将之列。但找遍《宋史》，竟未见为王坚立传，遂使一代抗蒙英雄湮没无闻，史家争议不休。"

这样的诗注，正是注者跳出冷静的历史，以诗人的热血，为英雄叫屈。事实上，他在注释过程中"找遍《宋史》"的这一举动，就流露出了他作为诗人的情怀，而非注者的冷静。在这里，"以才学为注"开始主动让位于"以性情为注"。

《钓鱼城》注释第十五条："姚从吾先生依据翔实的史料考证了熊耳夫人的家世、王立与合州得救经过，指出李德辉不主用兵而与合州王立'妥协'（招降），乃是他的一贯主张，至于熊耳夫人的致书，实仅是一个助因与巧合罢了，《合州志·钓鱼山记》所说的，她姓王、曾为王立义妹、曾为李德辉做鞋等等，则全属圆谎、臆造，是故事而不是信史了。"

熊耳夫人为元王相李德辉写信做鞋，以使合州一城人得活的传奇，在合州抗元历史中具有很高的传播影响力。赵晓梦在注释中，除了充分展示这个传奇的各个源头之外，还不忘用已故历史学家姚从吾的观点和地方文史专家的态度，摆正这一传奇在《钓鱼城》中的正确位置："那是一个故事！"注者的历史情怀在这样斩钉截铁地回应中，得到了充分的彰显。

《钓鱼城》的注释中，也充满了注者对忠与奸、正与反这两组历史人物的爱憎之情。同为余姓，前任四川安抚制置使、知重庆府、抗元英雄余玠和继任四川安抚制置使、知重庆府余晦，在注者的笔下忠奸分别、正反昭然。"从余玠部属的这一反应，不难推测余玠本人对朝廷轻率地把余晦派来四川的深深失望和愤慨，因为这不仅是对余玠个人的嘲弄羞辱，而且也是对神圣的抗战事业的玷污糟蹋。"此类情绪，在《钓鱼城》中还有不少。这些注释，比单纯学术性的、干瘪的、冷静的和毫无倾向性的注释，充满了诗性的人情味，这正是《钓鱼城》诗注的价值之一种。

《钓鱼城》诗注的价值

在诗人的眼中，《钓鱼城》是一部灵动的历史叙事诗；而在历史爱好者眼里，《钓鱼城》不失为一本诗具史才、史蕴诗心的历史随笔。对新诗，我素来不敢发言，但对历史随笔，或许可以透过《钓鱼城》这个独特文本中的诗注，阐发一点它的价值。

一是诗史互重的写作倾向。《钓鱼城》在写作规划时，赵晓梦一定对史料的运用和摆放有全局的考量，读者可以从选题的确立以及三个章节的命名上略窥他的旨趣。应该说，《钓鱼城》所选取的历史选题，首先就具有了历史的厚重与深广，在参考前已出版或见诸公开信息的历史资料的同时，这个选题本身就背负了厚重的历史感。从《钓鱼城》最终呈现的文本范式来看，如果裁取掉最后的注释部分，这个长篇历史叙事诗将会失去不小的分量。因此，一定程度上，诗人"诗史互重"的自觉，使得这一典型文本，为当代叙事诗注释传统的延续，做出了最好的示范。

二是情绪与史实的适度拿捏。诗人论史，最忌纵情失度，使历史成为情绪的奴隶；而史家为诗，则不免袖手拘束，让天真情怀被历史画地为牢。《钓鱼城》中的注释，作为既和诗独立、又高度融合的一部分，可谓诗具史才、史蕴诗心，是我认为最有情怀的历史随笔。注家在这部分里，既没有让情绪失控，也没有被历史拘牵，对情绪与史实适度拿捏，体现了诗人和历史随笔作家在这个融合题材上的优雅从容。

三是史证与时证的兼收并蓄。回到历史注释这个单纯技术层面的问题上来，《钓鱼城》中要面对的历史难题显然不少，有些难题，是它作为一部长诗的注释所无法解决的。因此，它需要在汲取过往历史证据的前提下，充分注意吸收时下的证据，比如出土文献，比如最新研究成果。而对于那些史证与时证都不能解决的问题，作为注家，他必须向史家那样，把它交给未来，交给时间。赵晓梦在注释中说，"时间是个好东西"，正是这种态度和立场的体现。

还需提出的是，《钓鱼城》中每一章诗结束之后的"我的旁白"，既可以看成诗与注释之间的连接，也可以作为一个特别的注释，即融合了诗人和注者的史观与情绪的特别注释。有些内容，同样也是赵晓梦历史情绪的真实流露：

"我一直在想，在江山改朝换代的大势面前，一个人的气节名声和一城人的生死，孰轻孰重？"

这个自问，是诗人对历史的叩问，不是注者对历史的叩问。我知道，在王立决定降元献出合川城之前,他一定想到了蜀国的谯周。历史记录下来的,更多是"劝主降魏"的非人臣所行之耻,而不是使一蜀人得活之虑。赵晓梦的旁白,穿透历史,让谯周和王立跨越时空,发出了沉重的千古一叹。

第二品　蜀书二十四品　清奇

可人如玉，步屧寻幽。载行载止，空碧幽幽。

——司空图《二十四诗品》之十六：清奇

《苔》，周恺著，中信出版集团，2019年版

方言写作的对抗与妥协

——以周恺长篇小说《苔》为对象

青年作家周恺完成他的长篇处女作《苔》的时间,如果确定是在2014年前后,那么,他实在是显得太年轻了,24岁,这是一个大多数青年还在做梦的年纪。而当我们进入《苔》用方言织就的古嘉州市井生活中时,又不得不感叹,这个作者真是太世故老练了。

作者真实的年轻和方言世界里虚幻的世故老练,就这样成为我们对认知的作者和作品的矛盾。

这样的反差,在我的阅读经验里,是很少有的。我奇怪周恺何以能在这样的年纪,构建起如此全面、丰富、系统而复杂的社会生活经验,又何以能够将古嘉州市井生活的日常复原得如此真实而细腻。在与生俱来的讲故事——文学概念上的虚构能力之上,他一定有一段相对长的蓄势周期,而他选择用方言来完成《苔》需要构建的社会变革(我并不太想屈从于他所津津看重的"革命"主题,相对于"革命"的宏大叙事,特定历史时期的社会"变革"才更具有文学力量)主题,更多是妥协于方言世界对公共话语的对抗力量——这种思维本身就是一个矛盾,像极了他真实的年轻和方言世界里虚幻的世故老练这组矛盾。

由此,话题再一次进入《苔》的方言之魅。出版人欧宁在题为《方言之魅,职人之作》的序里,似乎早就为《苔》的批评指定了方向。鉴于文学批评需要百花齐放,我也试图在鉴赏《苔》时跳出"方言"去寻找新的方向,但寻来寻去,我最后还是无可救药地落到了"方言之魅"的窠臼里。

特色何其强大,而要解读《苔》所构建的方言世界中丝丝缕缕的市井生活及其深刻的隐喻,又何其困难。历史久远,社会巨变,我们只有重新进入古嘉州方言世界的丰富韵味中去,或许才能找到《苔》所隐喻的变革密码和作家自己寄予其中的复杂情感。

一种对抗:不屈从于公共话语

其实,当代文学的方言写作,并不是什么新鲜话题。从王蒙、王朔的北京方言写作，到冯骥才的天津方言写作，再到陈忠实、路遥和贾平凹的陕西方言写作等，方言写作一度在中国当代文学写作中异彩纷呈、蔚为大观。看起来，普通话写作或者标准现代汉语写作有着覆盖性的强大力量，但还是有不少作家不屈从于这种公共权威，自觉性地选择用方言写作。韩少功在《马桥词典》里就坦承：一旦进入公共的交流，就不得不服从权威的规范，比方服从一本大辞典。这是个人对社会的妥协，是生命感受对文化传统的妥协。但是谁能肯定，那些在妥协中悄悄遗漏了的一闪而过的形象，不会在意识的暗层里累积成可以随时爆发的语言篡改事件呢？

在我看来，周恺决定用方言来完成首部长篇小说的写作，就是不愿意屈从于公共权威或者话语的规范。从最近的文学案例来看，金宇澄的《繁花》一定对他产生了某种写作召唤。至少，从《繁花》达到的上海话阐释公共世界效果来看，它非但没有削弱读者对小说的理解能力，反而增强了小说的理解层次。对非地道的上海人来说，方言反而成为小说阅读最大的兴趣和吸引力所在。事实上，今天的上海，究竟还有多少地道的"上海人"呢？所以，从这个意义上来理解，说《苔》是写给乐山人、给四川人看的小说，实在是太过局限，也太不自信了。

按照今天对乐山方言的划分，乐山话归属于西南官话的灌赤片中的岷江小片。其特点是入声保留，独立成调较为完整且有着独特的入声韵母。但需要注意的是，这种方言归属地划分，是从事语言研究的中国社科院研究员黄雪贞在1986年才提出并被学界接受的。也因此，小说《苔》中的古嘉州方言，本身就经历了一百多年的演变，并不能代表今天的岷江小片的真实语境。周恺在《苔》中所做的语言功夫，应是建立在古嘉州方言基础之上，而非用今天的灌赤片岷江小片方言去倒推古嘉州方言。

"方言写作最大的意义在于，它试图改变'五四运动'以来知识分子对底层世界的代言方式，试图在叙事者与被叙事者之间寻找新的关系存在。"（《妥协的方言与沉默的世界：论阎连科小说语言兼谈一种写作精神》，《灵光的消逝——当代文学叙事美学的嬗变》，梁鸿著，中信出版社，2016年版第185页）比较有意味的是，《苔》的故事线恰好是"五四运动"这个巨大的变革之前，但这并不影响《苔》用方言写作的动机，即为底层世界代言。除了李普福等少数社会人之外,《苔》中所涉及的大多数被叙事者,都是底层世界的代表。不难想象,无论是刘基业,还是张石匠,他们的日常语言如果换成了标准的普通话,这部小说会耗损多少魅力。

而即便是李普福,也习惯了在和当地土族交流时,抛开他居高临下的官话,而试图用方言与底层人打成一片。小说开篇,李普福办八十桌大席,请堂口大爷、达官显贵、平头百姓吃酒,上一分台面上用普通话讲"千年未有之大变局",下一秒就用方言和希望攀亲的王棒客示好:"正将缺烓香火。""正将"两个字,正是李普福精明世故讨巧之处。他用方言与王棒客交流,岂止是一种示好,深层次的动机,是通过示好稳住王棒客,而暗地里却不动声色地在戏台布局,让王棒客的女儿死于一场意外,彻底断了王棒客攀亲自己的希望。方言在小说开篇之后渐次展现出了它看起来似有若无、实则大有妙处的作用。

为刘基业代言则几乎贯穿小说始终。为续李家香火,李普福抱走了刘基业的双胞胎中的一个儿子。作为回报,李普福许了刘基业管事之职,但新官上任不久的刘基业总是觉得各种不自在，于是去找李普福说话："一天到黑背起手，晃过去晃过来，咋个会吃不消，只是晃得我心焦，背后还要遭人挞噱，老爷，你要觉得亏欠，不如给我些银子……"刘基业不安然的原因，在于他受不了别人的"挞噱"，这是他这个身份的底层人适合的语言系统。成都话也惯用"挞噱"，表示轻视、蔑视、看不起的意思，但常写作"踏谑"，音近而字异，这或许正与方言在现实世界与时间中的流变有大关系。

张石匠作为底层人的代表，在小说中的方言除了嘉州市井的"常用"外，还有石匠工人们自成一体的号子和黄话系统，如小说对古嘉州"小五行"行话或者说切口的呈现，即是方言写作在本书中的又一个细分。这一点，在《苔》中颇值得注意，尤其是黄话系统，特别值得提出来一说。如果说上面的方言，还是一种代言关系，那么，这种黄话系统的原样呈现，则是一种从代言到下沉的转化。

除了对话语言，小说的情节和场景叙事里，也多用方言。这当然不是代言的关系，而是呈现出一种叙事的亲近感和信手拈来的自豪感，更是一种民间写作立场的生动表达。从比例上来看，情节和场景叙事中的方言,似乎远远大于对话中的方言。这使得小说的语言风格从内到外、从开始到结束都呈现出一种刻意的"对抗"气质。周恺在一个多世纪以后,用方言为小说中的人物情感和生活代言,即希望通过方言的生命活力、日常性与抗腐蚀性,对公共世界形成一种反作用力,并以此改变公共世界的面目。这种反作用力,表现在小说中,就是无论是李普福还是刘基业,他们都试图"对抗"和阻止山雨欲来风满楼的历史变革,而是将古嘉州的世界维持在当下看起来平静的大环境中。税相臣作为公共世界的代表,必将以暴力的方式破坏古嘉州自成一体的方言世界。因此,从这个角度来看,革命或者说变革者和保守者,在本书中也是一种对抗关系,表层的对抗,就是语言的对抗,而深层的对抗,则是对未来社会秩序建构的对抗。

无形中,语言成为这两种对抗融合的桥梁。

或许还有一种对抗意图存在,即古嘉州方言与晚清强势政治话语的对抗。对刘河坝乃至大多数古嘉州人而言,政治话语是外来输入语言,而古嘉州方言是他们日常的生活话语。从来没有哪一种输入型话语能在生活话语中站得起手,更何况,天高皇帝远的古嘉州人对强势政治话语一贯保持着一种排斥的心理。官方政令和文告，在这里是迟钝的，除了税相臣的主动对接，书中几乎所有的人包括书院山长袁东山，都对这种强势政治话语进行了方言化翻译。送别最欣赏但是政见不同的弟子税相臣，袁东山没有用圣贤之言，而是亲切如邻家老翁打招呼："上去坐下嘛。"这样的方言表达，在山长袁东山说来，更像是对强势生长的税相臣最后一次教诲，他用这种语言，试图去淡化政治话语的强势性，保留一点方言的本真。但他没有料到，后者根本没有给他任何机会，这似乎也预示着方言世界最后不得不面对的妥协。这种言语的对抗，从心理上也助长了小说中人物观念行为上的对抗，语言和行动在小说中达到了高度的统一，君臣关系早就荡然无存，父亲卖掉儿子，丈夫招嫖卖妻，朋友为利益翻脸不认，传统的五伦关系在小说语境和场景里被肆意冲击。种种痛快淋漓、匪夷所思的情节铺陈，都在表明作者的对抗意图。

一次妥协：与文明的对接势在必然

《苔》的第三卷臃肿而啰嗦地表达作者的变革主题，使鲜活生动的方言世界，到此急转直下，进入强势政治话语主导的崭新世界。这标志着前面两卷的对抗力量，在第三卷被完全消解，方言写作到这里转向一次看起来不得不然、实则勉为其难的妥协。小说似乎是要将方言世界主导下的古嘉州城和所有人，负责任地带入革命性的文明新世界。也因此，方言与代表着文明世界的强势政治话语的对接，变得顺理成章。

从东洋杀回来的税相臣成为强势政治话语的代表力量，并负责与代表方言世界的李世景兄弟对接。

身处晚清这个"千年未有之大变局"中，政治变革、经济变革和文化变革势必会削弱方言的力量。更进一步说，这样的变革，也必然会对方言世界进行强力清洗，这就不难理解第三卷中几乎铺天盖地而来的强势政治话语了。这体现出了作者一定程度上在直面变革时对方言的难以把握，更甚至说是一次有意识的妥协。此时，他更像是作为变革者的税相臣的代言人，主动地在自己的叙事中让渡出了方言的位置。到此，底层世界活色生香的市井生活退出，小说的民间立场也退出，为底层世界代言的功能也退出，方言的活力及其内部畅通无阻的交流性，在强势政治话语的覆盖下几乎片甲不留。朝廷和省府与古嘉州的时空距离在缩短，洋人的外语这个时候也插进来。啸聚山林的刘太清答应李世景和税相臣加入暴力革命，可视为这种妥协的一个标志性事件，尽管，他们最后是以失败而告终。

另外一点，这次妥协或许还寄托着作者对方言世界中的底层人物哀其不幸怒其不争的启蒙和教诲，所以，要安排一个文明世界来的税相臣重回嘉州，为他们现身说法。一定程度上，作者在这里成为税相臣的附体。但是，在刘基业们看来，激进而暴力的革命手段，哪里能代表文明世界，它反而是对现有秩序的一种颠覆和破坏，"大国寡民"心态和"创造一个新世界"的执念在第三卷呈现出一种拉锯的状态。但和前两卷相比，方言世界的力量很显然已经被消解得所剩无几了，相互的妥协态度给变革留下了苟延残喘的时机。不得不说，这样的妥协是不得不然的。

公共话语的逐渐强大，让方言的影响力越来越小，这也是不得不妥协的客观因素，当然，这种妥协也代表着一种历史规律。嘉州终归要被乐山取代，刘河坝迟早要被外部世界同化，方言的使用范围，随着外部世界的洞开，也必定会越来越小。即便李世景和刘太清还在说着方言，但过于冷僻的方言不再高密度地出现，而且，对话中的方言也在减少，粗鄙的或者干脆是黄色的语言慢慢退出。这种写作上的自觉"净化"，正是方言写作的一次集中妥协。

一个困境：方言写作的可能

《苔》绝不会是最后一部用方言写作的小说。

可以想象，未来还要诞生很多类似的方言写作的作品。但《苔》无疑是乐山方言写作第一部最为成功的作品，它第一次帮助乐山方言用文学传播的方式输出到了更广阔的"普通话"空间。仅就方言写作的贡献而言，《苔》初步具有了方言写作的言说价值。

一方面，在多重文化语境交会中自觉的方言写作，作家周恺和他的《苔》注定会受到持续的关注，这必将伴随着方言考古化重热的过程。另一方面，全球化浪潮裹挟之下，方言世界也必然面临方言言说空间的流散这个客观事实。"各种西方现代文化思潮与文学流派如意识流、表现主义、象征主义、荒诞派、存在主义、弗洛伊德精神分析理论等,或是由'供内部批判参考'转为向广大读者公开发行,或是由全译取代过去的'节译',在中国公开露面,让过去只能按一种模式思维,只会用一套话语表述的中国作家、艺术家感到目不暇接。"(《让文学语言重归生活大地:论方言写作——以陈忠实为中心》,王素著,中国社会科学出版社)进入这种文化语境变迁的"后新时期",就不可避免要带出一个写作困境:方言写作的未来,究竟是怎样的面貌?或者说,以方言主导的文学写作,在未来还有没有必要?

评论家梁鸿对此持悲观立场:"从社会学角度看,中国的方言大地正在丧失,方言正在丧失其原有的活力与内部的交流性,它与地域、环境、生命情感之间那种水乳交融的默契正在消失。"(《妥协的方言与沉默的世界:论阎连科小说语言兼谈一种写作精神》,《"灵光"的消逝——当代文学叙事美学的嬗变》,梁鸿著,中信出版社,2016年版第199页)类似《苔》的方言写作,其实一定程度上建立在作家周恺本人的"文化考古"功夫上,"与生俱来"的那点母语基因，早已经无法架构这样的方言巨构，或者说，支撑不起如此强大而细腻的叙事流。

如果说一定可控量的方言，尚可激起方言世界之外的读者的探究学习欲望的话，那么，高密度与高浓度的方言写作，则只能让读者望而却步。如此看来，《苔》的方言密度与浓度似乎处在一个让读者尚可接受的范围，这可视为对未来的方言写作的一种警示方向。另外，从方言自身的进化和发展来看，一个局地的方言也正在受到更广大范围的语言的同化和侵袭，公共话语、强势政治话语代表着权力、高傲和理性，必然会以压迫性的方式，进一步破坏方言世界。

但这并不意味着未来的方言写作会越来越弱化，相反，非遗化倾向的方言或许会更激发出当代文学重返传统的勇气和锐气。作为90后的周恺，一位接受了现代标准汉语教育的作家，尚且以这种方言写作的方式最大化地进入方言世界的核心，更何况那些怀着浓浓乡愁的中老年作家？方言写作或许正呼应着他们重返故乡的精神需要。从20世纪90年代兴起的方言写作，虽然已经走过30余个年头，但依然处于"后新时期"，弱化的迹象尚未呈现，兴旺的半途上，或许正酝酿着某种变革的可能。

那可能是另一组对抗与妥协的矛盾。《苔》在这个时间点的中间，不可否认地，既因应着一种方言写作的宿命，也承载了一定的方言写作的使命。从这个意义上来讲，《苔》的价值需要在未来的方言写作中，得到重新评估。

第四品 蜀书二十四品 旷 达

倒酒既尽,杖藜行过。孰不有古,南山峨峨。

——司空图《二十四诗品》之二十三:旷达

《野墨集》,何永康著,四川民族出版社,2019年版

绘事后素

——读作家何永康的散文集《野墨集》

我在南池书院读高中时,语文老师送了一本散文诗集《在君之侧》给我读,就这样,我和作者何永康"认识"了。

那是散文诗旁逸而出、横扫文坛三万里的时代。《在君之侧》里都写了什么题材,于今都记不起来了,只是被作者的别样诗情和绚丽字句深深感染。少年哀乐过于天,这些诗情、这些文字,对初览文学之美的我们有着何其致命的吸引力啊!按照《在君之侧》的句式,我们也学着写了些无病呻吟的句子,但因为自惭形秽,所以秘不示人。从那时起,渴望一识"何永康"的想法就开始萌发。在我心里一直以师事之的何永康,一定程度上,成为我文学创作的启蒙者和引路人,只是,他未必知道。他只知道,他只需要撒下种子,破壳和破土,都会顺理成章。

岁月荏苒，我们在文学的江湖里隔山隔海，各自泅渡，各自攀登。二十多年后，因着特别的机缘，我们终于正式认识。以天地之广，文字牵线，总会见面；以南充之小，问名问路，其实早可以一识"何荆州"。迁延如此，只因一个少年时代就没有变的心结：自惭形秽，不敢投问。

正式认识的何永康，一如《在君之侧》时代的俊朗潇洒，激情洋溢，加之又同籍西充，所以特别投缘。此后"微信往来"，同群论道，多有所得。每过三五天，"骆塞夫的字纸篓"就会推送一篇文章，都是他的散文近作。虽不敢说每篇都全文细读，但大体篇目及取材用意抒情的笔法是熟悉的。

因执笔"四川散文创作年度报告"之故，又对何永康的散文进行了系统梳理和选择性精读。初览与精读的过程，虽然早已放下少年时代盲目地崇拜而多了些批评的思维，但还是忍不住一路赞叹和惊喜：岁月何曾败美人。虽然芳华暗过，但何永康的文学写作并没有"人老珠黄"，反而焕发出一种新的活力和质地。可以说，他的文字，具体到体裁上来说，他中年以后的散文写作，呈现出了一种知性而深刻的芳华。

《论语·八佾》中，孔子答弟子子夏问所言的"绘事后素"，至今被认为是对所有文学创作最具启发意义的。正是因为有了良好的质地，何永康的散文作品才可以在中年之后锦上添花，呈现出别样芳华。暌隔三十年，以我的粗浅印象，《在君之侧》比之于他新近的《野墨集》，正好可以看到"质地"为"锦上添花"所做出的贡献。

然则，何永康散文的质地究竟若何？试条分缕析如下。

第一质地，是雅正

两字拆解，"雅"为雅致、风雅，"正"是端正、正直。一切相近词皆可纳入此一质地，其承续的正是先秦《诗经》《楚辞》以下的文学正统。盖散文流变数千年，"雅正"一脉始终为中流砥柱，气象巍然，承续者众。作家蒋蓝曾与我详细讨论过何永康散文的魅力所在，我一言以概之，即是雅正。其文无论从选材还是行文上，都深得雅正心法，这倒与何永康老师端庄君子的一贯形象若合符契，即所谓身正而文雅，正是。

其实，要说雅正，端的是说起来容易，做起来难。看起来，起笔平实甚至平庸，文到中段或许还是平，但难的是收束前托出情感所指或人生经验。换一笔法，或者起笔就道宗旨，然后层层剥解，递进分析或议论，最后总概。方法论上并不奇崛，也不卖弄，花拳绣腿通通没有，板正地起承转合，一撇一捺，正是书法上道的基础。

实在亦是"诱惑"太多，所以更难的是数十年操持不变，不为炫技和花色左右，坚持要做自我。这在当今的文学写作中，尤其难得。你看《清风入室》这等篇目，何其平淡，何其简白，写这样的散文要么功力深厚，要么是自我设险，一不小心，就可能一地鸡毛。何永康显然是雅正高手，文章从汪曾祺老先生文中介绍的一张古画入手，讲文人艺家的"岁朝清供"传统，再结合自己的人生经验和感触，言说当代生活延入一缕"清风"之美妙，正刺同好者襟抱，妙悟启发而至心理认同。这样的人生经验和感触，正是散文之神韵所在。

再如《年底》，何其平凡，何其平常，假设人生百年，便有一百个年底，司空见惯，何堪作文？不然，何永康的"年底"的确别有怀抱，因为有记忆、有经验、有感情、有人物、有故事、有启发，便能引共鸣、得知音，尤其是文末"春天底色"之论发人深省，正是困顿倦怠人生之旅中用文字给我们注入的勃发能量。因为，它"取决于人生的颓丧或振奋"，"滚滚春潮正在天边涌动"，"年底"其实不是"底"，是触底蓄力前的人生反弹。你说这样的智识散文平庸吗？当然不平庸，但何永康并不想在标题中"醒目"地说教，他的本意，就是要用平淡平凡平常的标题，言说人生道理或启发。

这样雅正的散文写作，有时候不免显得"老派"，或者学究化。但不要忘了，散文正是需要这样有人生阅历的老派写者，看尽繁华之后为我们娓娓道来。少年写作的鲜花著锦全凭才力支撑，是不可持久的，也会失之浅薄，所以"老派"并非散文的大敌，而是当代散文的底气和原始质地。就像20世纪80、90年代的"赋体"，现在看来，文字和章法虽然不免落伍，但抒情的内核还充满着强烈的时代感染力。这正是雅正散文的魅力所在。从《人民日报》"大地"副刊、《解放日报》副刊等国内主流媒体的副刊自然选发其散文作品的频密度看来，这样雅正的散文正是因为有了坚实的读者主流，才驱使了自然选发的编辑主流。读何永康散文，不可不明白此间"玄奥"。

第二质地，是高明

"高明"之谓，非仅指见解高超出色，也非俗语浮夸之"高明"。两字拆解，"高"为高妙，"明"为"明白"，用作动词，也可以说让人明白。很多散文，看起来"高明"，实际是等于废话。真正"高明"的散文，一定是无限接近思想和灵魂，不仅自己受触动，读者更从心底里受到洗礼和震荡。乔治·斯坦纳在他的著作《语言与沉默》里说："所有伟大的写作都源于最后的欲望，源于利用创造力战胜时间的希冀。"这正是从思想层面对伟大的写作提出的最基本的要求。散文要接近灵魂，思想性是不能或缺的。何永康的散文，从早年的诗歌、散文诗羽化而来，思想性的高妙与明晰不容置疑。在《东坡味道》一文中，他从"味道落脚到人"，细细论说东坡作为人的翰墨味道、花木味道、酒的味道、茶的味道，其思想性比及很多专事研究苏东坡的学者来皆大有过之，此所谓"无意为之乃得",正是他从非学术系统入手和从普通人所感入手得到的别样体悟,颇让人信服。《春池洗砚》中,他从一方闲章说到"做人":"每一个人心中都应该有一方砚台,磨砺品行心志,磨浓思想情愫;每一个人心中都应该有一池春水,洗涤出干干净净的人生。"即小见大、托物寄情,思想性收束,运用传统手法而不着痕迹,收润物无声之效,正是大家手笔,高妙文风。

当然,散文的意义,还在于和人交流,这是何永康的散文和煦如春风之一面。假如说上文的思想性提炼还是不免说教的话,那么,他更多的散文却是如同和你商量。历史上那些能留得下来的散文,其魅力全在于这样的平等交流,作家的经验、作家的积累和普通读者之间的经验和积累,一定程度上是合拍的,或者是同频共振的。交流到一个节点,作家把思想性那一个点打开了,读者会击节认同,这就是散文写作的"高明"。它让读者明白,或者说,让读者可以生活得更智慧。你看《故居,故居》中,他对"犁""山""士"的理解,在跟你商量的口吻中,说出自己对作家名人故居的理解,将散文的思想性融入平实的日常旅行,给人启迪。

比如《孤清》,不是从训诂学角度说字意,而是从丰厚的人生积累里,爬梳出真正的人生况味,将"人们赞赏的孤清"和"我认为的孤清"做了一个平等的对话,最后见出自己的爱好。再如《左手玫瑰,右手青菜》,跟"你"商量的,都是市井琐碎、日常生活,内心深处,是教你如何让浪漫与现实在生活里相融共处。此等"高明",非智识高明、阅历丰富者不能办。读何永康散文,不可以不观察此中"真意"。

第三质地,便是清朗

这个"清朗",是《兰亭集序》里的"天朗气清",也是古琴曲的"朗朗清音",还是美人柔叹的"气息清清"。此三种,可谓散文创作的艺术美、韵律美和气息美。何永康有很深厚的艺术功底,尤其是书画艺术,不仅积淀深,且悟性透,这使得他的散文每能见出非常的艺术之美。读他的散文,每如见山中高士或闺中佳人。你看《邱园养素》,古人养的素心,正是从书画之美而来,从古琴曲里而来……通篇散文贯穿着一种清朗的生活气韵，让人悠然神往。你看《雅集与牙祭》，并非音近而强合，实是在清朗的气韵上妙合神通，雅集变成赶集，那还雅吗？作者借雅集针砭时弊、劝谕世人，将散文的宗旨落脚在强烈的时代气息和生活气息上，正是时代需要的朗朗清风。再如《非人磨墨墨磨人》，标题不是绕口令，细品有韵律在，也有哲理在。少时磨墨的经历成就一种人生感悟，一个"磨"字，多少哲理，其间从经历到哲理的转换递进，亦是散文写作的节奏和韵律之关键所在，作者对语感、节奏感和韵律感的把握亦到了运用自如的境地。例不多举，要之，我们能从《野墨集》中的散文里惯见"清朗"，听得到文字呼吸的节奏，以及文字排兵布阵的韵律，思想在其中迸发的时代气息。一篇清朗的散文，便可能是我认为好散文的上品了。

最后，何永康的散文还有一个观察维度，就是从分类来看，我将其归为"风物"散文。在《野墨集》里，这样的散文篇目还不少。我在《四川散文创作年度报告》中，对何永康的散文有如下总结：何永康在四川散文作家中，有"副刊之王"的美誉。何谓"副刊之王"？这当然跟国内主流报刊副刊编辑对何永康的散文大为青睐有关。除了频频登上《人民日报》"大地"副刊之外，他的散文不断发表在几十种报刊的副刊中。如果我们对副刊编辑对何永康散文青睐的原因作一个简单梳理，就不难得出风物散文的写作特点。如《"两江"与"二陈"》，写嘉陵江与涪江，陈寿与陈子昂，可谓得自然、无技巧的真昧，他摒弃了传统散文托物言志、借景抒情等单一主题表达的程式，代之以多角度、多侧面地透视某一景观或物象、人物和历史，在一种多元开放的发散式显示中凸现所写对象宽广、丰富的含义。当然，这篇散文在架构上，也有作者多年的情感和经验积累。过往的很多作品，要么单独写涪江，单独写嘉陵江，要么将嘉陵江和陈子昂放到一处来写，很少有像何永康这样，将嘉陵江和涪江、陈寿和陈子昂放到一篇散文里来写。大江的抒情平衡，人物的言说平衡，更为重要的是，它们和他们内在的思想以及情感逻辑，这是作家在架设此类篇章结构时需要考虑的重点，也是一篇散文之所以能成立并打动人的根本点。很显然，何永康很老练成熟地处理好了这种平衡，并用高超的情与理的处理技巧，完成了物象与人物之间的逻辑联系，使整篇散文气韵贯通，情绪饱满。

此外，何永康还有一种神奇的"点化"之功，即于平凡物事中见出生活哲理，这正是风物散文的奥义所在。从《天地绝配茶与花》一文中，可以看出他的这种功力。卒章显志，他最后强调仪式化，却又在一定程度上批评过度的仪式化，并将"花间一壶酒"的风调与韵致改成具有时代精神的"花间一壶茶"，让人从老调甚至陈腔中，品出作者立意的新意来。短而秀丽，清浅化人，这正是风物散文需要重视的两点。

当然，这些都是我的一孔之见。何永康散文的真正妙处，还是要各位翻开《野墨集》自己品评，如果看了《野墨集》觉得我说的有些道理，这当然是我这个学生的荣幸。

最后说一句，我是没资格评论何永康的散文作品的，因此，就只好简单地说一下，是为"浅说"。

第五品 蜀书二十四品 高古

月出东斗,好风相从。太华夜碧,人闻清钟。

——司空图《二十四诗品》之五:高古

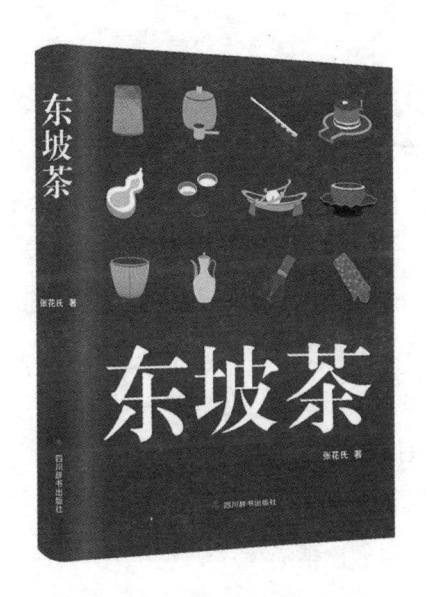

《东坡茶》,张花氏著,四川辞书出版社,2019年版

再谈文学叙事的历史意识
——读作家张花氏的历史随笔《东坡茶》

有很长一段时间，张花氏留很长的头发，很多不认识的人会把他误认为是女人，就像这本书勒口上那张肖像画一样。这样的误会和他这个笔名倒是很般配。

2019年9月28日，在居然可以美学生活季举行的《东坡茶》首发式上，他也如此向应约而来的读者调侃自己：张花氏的意思就是成都话的"白火石""假把式""二百五"……

在成都话语境里，"白火石"表示什么都不懂，有点白痴。很显然，即便不考察他在其他领域的心得，仅就他研究苏东坡的成就而言，这个"白火石""假把式""二百五"就是实足的自嘲了，还有一部分，就是面对读者时保持的"必要的"谦虚。

《东坡茶》是他继《和苏东坡分享创造力》之后出版的第二部"苏学"研究专著。前一本，他也以"张花氏"的笔名示人，表示他的自嘲和"必要的"谦虚是一以贯之的。和他这个笔名一样一以贯之的，还有他对苏东坡的文学人生极其深刻和透辟、独特和个性的研究视野和结论呈现。

以东坡的通达，大约不会阻止后人，对以他为线索"研究"宋代文学、历史、哲学、书法等综合学科，并藉此教化惠及后人，东坡会更愿意积极配合的吧。

张花氏研究东坡近20年，大约是能了解他的心曲的。所以，他始终藉由研究东坡本人的著作，进入到北宋那个极风雅、极有成就、又极富启发性的时代。他通过剖析东坡的诗文，将文学研究和写作的历史意识与当代意识融为一体，既让当代人回到东坡生活的现场，也让东坡所处的时代对当代有极强的观照。

"在深入历史的时候，作家所应该做的是，去掉自我的政治观，对已有的'常识'保持警惕，以一个全然新鲜的、陌生的眼光进入，这样，才能发现那被忽略掉，但却具有不同意义方向的细节与事件。"（《"灵光"的消逝：当代文学叙事美学的嬗变》梁鸿著，中信出版社，2016年版第43页）批评家梁鸿认为，作家必须对"常识"进行必要的反对，并逐渐构建起"历史意识"。

对于一个矢志于东坡或者"苏学"研究的学者型作家而言，张花氏要面对的写作或者说学术困境，不在于将东坡的幽默、旷达和自嘲皮相化继承，更不在于津津乐道地在饭局上给人普及东坡掌故，他的困境在于：怎样藉由东坡研究这个载体，跳出"常识"的误区和泥沼，潜入东坡文字的细节中，深入北宋那些或大或小的政治、社会事件中，发掘出对当代有启发性和思辨性的新结论、新观点和新问题。如此，"历史意识"一旦形成，他的所有发掘都是对"常识"的必要反对；而对"常识"保持天生敏感甚至质疑，那么，文学作品的"历史意识"就必然高于他的一切创作动机。

从这个维度来观察，《东坡茶》既对"常识"有质疑和反对，也形成了一定高度和深度的"历史意识"。此论何据？试分说如下：

世言东坡之人类社会学贡献者甚多，评述东坡与茶之关系的著作或者论文也可以说丰富汪洋，但以"东坡茶"而系统、深入、全面、新颖论之者，张花氏此著当是目今所见唯一。本书承续《与苏东坡分享创作力》的编年法，以东坡人生履迹次第展开其芬芳的茶之旅。舟行出川，凤翔、汴京、杭州、密州、徐州、湖州、黄州，再回汴京，再到杭州、颍州、扬州、惠州、儋州最后北返，十五段宦海沉浮，也是十五片茶叶的沉浮。如果将东坡比喻成一种茶，他一定是那种过水十五次而依然有味的劲道老茶，而且，每一水，都有他独特的味道和人性发挥——就像"茶性"的发挥一样，只要遇到温度合适的水，它就能打开、释放和分泌。从茶的茶性来观察东坡的人性，这是张花氏解苏妙手的过人之处：无论升迁、贬谪，张花氏"皓首穷经"，将东坡的文字记录与官方、稗官野史及其他同时代或后来的文字记录相比对、互勘，为东坡一生饮过、制过、栽种过的数十种茶找到了来源。仅就文献征引的全面、准确、系统、关联性而言，《东坡茶》的贡献也是很大的。至此，"东坡茶"在名词学上落到了实处：因与东坡的牵连和深厚渊源，它不唯一种固定的茶，而是一种文化、一种精神、一个地望的气质和形象，乃至历史、地理、物候、气象的综合代言。这是作者"历史意识"的一种呈现，是自觉，亦是学术写作的水到渠成。

但如果仅仅将张花氏《东坡茶》的写作归结为一个新颖的"概念化"提炼的话，那我们显然看低了张花氏的"历史旨趣"，也看低了《东坡茶》的价值。尽管《东坡茶》这类学术与掌故兼具的文学样本，并非要达到纯粹史学著作的高度，但张花氏对自己的写作显然有更高的要求，即将宏大的历史背景和事件与东坡的个人命运进行有机的交错编织。在本书里，我们可以明显看到，东坡与茶的关系，其实和北宋朝廷与茶的关系紧密相连，甚至可以说休戚相关。一定程度上，后者在左右、牵制着前者，而前者对后者也在发挥着潜在的影响力。由是，观察北宋"茶马互易"历史事件与王安石变法的密切关系者，在本书里自能发现严密而新颖的论证观点和依据，其中关涉作者对北宋"茶法"关键人物"二李"（指李杞、李稷）的历史评价，也关涉苏辙对北宋茶法的政治态度和抗议方法，更关涉北宋内政外交的复杂和敏感。只有具有了这个"历史意识"，张花氏的《东坡茶》写作，才跳出了学术思维仅仅是知识性的阐述的下限，站上了社会、经济、文化、政治乃至民族、国家历史的中上限，

"东坡茶"也因此才在概念学的基础上，有了社会、经济、文化、政治乃至民族、国家历史的落脚生根。到这里，"东坡茶"从一个历史人物的个体癖好化符号，上升为一个国家和万万民生相关联的"群体性"符号，而这一点，正是《东坡茶》"历史意识"体现的最重要一点。

文学的审美属性和历史属性从来都不是对立的，同理，文学创作过程中，作者的个人叙事和文学的宏大叙事也不是对立的，文学必须对社会重大问题进行现在时的跟进和思考。如果一定要为《东坡茶》确立一个文学叙事的顺序，那么，我认为，东坡个体意义上的"东坡茶"、北宋帝国需要意义上的"东坡茶"，皆不及民众生活需要意义上的"东坡茶"更为重要。在《东坡茶》的后记里，张花氏本人也坦言，这本书与其他茶书相比，有几个方面的尝试，其中之一，就是让人们在世界视野中打量茶对于商贸、竞争和日常生活的影响。也正是基于此，生活在北宋的东坡和苏辙，在满足自我对茶的极致生活美学需求的同时，不忘茶的苍生属性，他们在袅袅茶香和习习茶气里看到的不是士大夫生活的新潮满足和自娱自乐，而是天下苍生的日常。正是东坡的世界视野和民生情怀，促成了张花氏在《东坡茶》中对世界视野和民生情怀的具体落实。从这个意义上来讲，概念上的"东坡茶"不仅仅是北宋的，也是当下的；不仅仅是中国的，也是世界的。你看今天的世界，不少人离不开茶！"东坡茶"的世界视野和民生情怀，具有多么深刻的普世价值。

蜀茶历史上的作用，可能在北宋时是一个高峰。今天，蜀茶在中国茶（China Tea）中的地位和作用，也仍然是具有一定重量级和影响级的，这是《东坡茶》"历史意识"和文学叙事的一个旁支，它隐伏在书中，需要细细读才能看得出来。另外，地域茶器的演进历史，在《东坡茶》里也被作者"顺带"提及，感兴趣的茶人，自然能在这本书中有会心的发现。以我的读书经验，每当看到这些有趣有益的地方，我都会折一个痕迹，提醒自己留心。要知折痕处，始是会心时。《东坡茶》的会心处，或许因人而异，但一定不会"短斤少两"，这是我的判断。

张花氏新近剪了短发，女性形象误导消减了百分之九十五（和他所论"章惇完成了杀死苏轼这个目标任务的百分之九十五"惊人的暗合）。前段时间，听说他在为"东坡茶"的具体化呈现合纵连横、左右游说，不亦乐乎，最近似乎稍稍休整。此两点，为我所乐见，也认为颇可庆贺。写作是本分，他犯不着为这些商业化的事情惹东坡不高兴，那些事，和创造力无关，也和策划无关，花哨而不老实，这正是"历史意识"的大敌。文本上，他做到了，社会中，也希望一个作家能够做到。这是我作为批评者真实的态度——即便他不高兴，我也要讲。

就是这样。

第六品 蜀书二十四品 典雅

落花无言,人淡如菊。书之岁华,其曰可读。

——司空图《二十四诗品》之六:典雅

《古书中的成都》,林赶秋著,成都时代出版社,2019年版

祖鞭先著与社酒先尝

——读作家林赶秋的历史随笔集《古书中的成都》

长居都江堰的青年学者林赶秋少年老成,前几年在古城里开一个小书店,日日以贩书读书写作为乐,了不闻店外世事,羡煞多少朋侪。

大约这样的好日子连神仙也嫉妒,所以书店不久便关张。世俗的任务便安排了来,先是娶新妇担责任,我们未曾喝得他的喜酒,很快又做了父亲。以为这样他就可以在写作上慢下半拍,可人家并不,忙里偷闲出了几本书,其中一本《古书中的成都》日前惠来,让我大大吃了一惊。

全书243页,装帧简素,开本单薄,看似小书,但细细一读内容,却是十足的磅礴大作。

从体例上看,《古书中的成都》分先秦、汉晋、唐宋、明清和杂项五部分,征引《山海经》《老子》《华阳国志》《益部谈资》《蜀海丛谈》《听雨楼随笔》《芙蓉话旧录》《管锥编》等十多种古籍文献以及扬雄、司马相如、李白、杜甫、陆游、范成大等先贤著作，其在汪洋大海一般的文献中抉发理董的全面、细腻、深邃，当是目前所见著作的唯一。要细究"天府文化"的内涵，此种历史文献的用心搜罗整理，正需要人下笨功夫与苦功夫，少年老成而又乐于此道的林赶秋能在贩书与读书的平常工作中寻求大志业，并有心积累和系统探究，以致终有所成，使后来有志于天府文化内涵的探求者能"按图索骥""举一刺十"。林赶秋的系统开路，可算得一个特别的功绩。

我与林赶秋兄之相识相知，乃因于共同的钱锺书研究。钱学的奥义，在于汇通，打通中西，汇通古今，正是其学之精要。林赶秋著《古书中的成都》，可谓深得其手眼。一般读者即便有机会阅读到上列书籍，也很难下苦功夫去爬梳其中与成都相关的内容；而即便看出其中与成都相关的内容，要理解其精义也并非易事。更进一步讲，理解其精义或者并不难，难的乃在于将其精义与当下相汇通。林赶秋显然是有意识、有准备地在深度阅读中进行爬梳汇通，故此能从先秦到明清，从诸子百家到学人笔记无所不窥、无所不及，在历史、文体、人物之间，实现了完整的体系性建构。不能不说，开书店这样的经历，为他此次整理"古书中的成都"奠定了坚实的基础。通过细读，我发现书中所列的一些古籍，发前人所未发，有补遗的价值。于此，我便能理解他何以多次对我作品征引文献不确或者不全提出的意见——多闻广见，这是他得以完成这本书的关键，也是此番志业有待于他人的关键。

如果仅将《古书中的成都》看作一个资料集成的话，那我们可能会低估了林赶秋下这番笨功夫与苦功夫的志尚，一并低估了这本书的价值。很显然，发现和整理只是作家职业性的敏感，而要将职业性敏感上升为社会性贡献，他必然还需要一次言路的消化与转移。开拓古人心胸，与今人拥抱，或者说释古人襟抱，与时代同怀，这是林赶秋在这本书里隐藏的一种古典情怀与现实态度。释疑、示正，有时候不是一较短长，而是在争议与分歧中商讨与交流。如果说《古书中的成都》还有学术价值的话，那么，我更看重的是林赶秋在本书中持有的平和而中允的商榷态度，它近乎一种商量或者一种小心翼翼地求证：古书中的成都，古代的成都人生活，大概是这样的，你觉得呢？

美中不足的是，林赶秋放弃了在汇通之外的情感放达，他的情绪似乎刚打开却又收拢。一些好的篇什和选题，本可能有历史大散文的气象，他生生地将其掐灭了。如《司马相如魂归何处》这一篇，他在和友人共同追问"司马相如究竟埋骨何处"这个历史悬疑事件的时候，仅是突出了一个"他们认为确信的场地"，而没有宕开地理空间与历史空间，征引更多文献，使司马相如魂归何处这个历史问题更有现场感，更能吸引读者，也更有现实的说服力。"学士拘理""文士纵情"，在拘于理和纵于情之间，林赶秋还有待拓宽自己的空间。

"常恐先著鞭，独引社酒尝。"苏辙在《次韵子瞻感旧》这首五古中的这句诗，引《世说新语》中刘琨担心祖生（祖逖）先他著鞭的典故，赞扬兄长东坡总是奋勉争先，堪为兄弟的楷模。祖鞭先著和社酒先尝这两个典故，都示我们一种积极进取、先人一步的精神状态。现在，我们不需要担心林赶秋在挖掘古书中的成都这个事情上的先人一步了，因为他的挖掘与打捞，于我们后来者是一个拓荒者的贡献。如果要说《古书中的成都》的价值，我以为当如是。

第七品　蜀书二十四品　自　然

幽人空山，过水采苹。薄言情晤，悠悠天钧。

——司空图《二十四诗品》之十：自然

《汤汤水命》，凸凹著，四川文艺出版社，2019年版

一次成功的文学画像
——读作家凸凹的长篇小说《汤汤水命：秦蜀郡守李冰》

稍有一点刑侦常识的人都会注意到，刑侦画像理论在刑事侦查工作中所提供的技术支持与服务，对关键人物的形象确认能发挥作用。作为科学技术手段之一，画像理论不仅运用在刑事侦查中，也运用在文学艺术创作之中，它能帮助作者、进而通过作者的创作协助读者，对作品人物、主要是历史人物完成从模糊到逐渐清晰的认识过程。

刑事侦查和文学艺术创作看起来风马牛不相及，但通过这个技术或者说理论完成了创造上的融通。在这里，画像理论被作为特殊津梁而受到高度关注。作家和艺术家尽管并非有意识地靠近这个理论，但他们的创造不自觉地靠近了这一理论，并成为这个理论的发扬光大者。反倒是刑侦画像——这个看上去的理论生发源点,因为其高度的保密性逐渐走出公众视线,而文学艺术创造则因其高度的公共性,逐渐成为理论的聚焦。

诗人、作家凸凹新近推出的"四川历史名人丛书"小说系列之《汤汤水命:秦蜀郡守李冰》(以下简称《汤汤水命》)即是一次成功的"画像理论"实践。

本文拟从历史人物文学创造所面临的困境、刑侦画像的理论背景、文学创作的画像融通三方面,对《汤汤水命》的理论实践及其价值做简单的探讨和分析。

一、李冰文学创造的困境与历史机遇

在首届天府书展上亮相的"四川历史名人丛书"小说系列显然是一次有组织有策划的重大主题创作。十位历史人物,十位作家各领一人进行小说创作,初始的设计和因人以专或以兴趣而选择的细节也无关宏旨。对于读者而言,十位历史人物的小说活化成果究竟怎样,这个结果比过程显然更重要。读者买不买账、接不接受、认不认同,这是一个非常重要的创作评价指标。从这个意义上来讲，作家的选择或者主动领受，既见智慧，也见勇气。

一般观念认为，相较于扬雄、诸葛亮、武则天、李白、杜甫、苏东坡、杨升庵等七位历史人物而言，大禹、李冰、落下闳三位历史人物由于史志文传皆极稀缺，写作难度更大。但细细思考，上述七位历史人物尽管占据了人生经历和平生事功相对具象化等优势，但由于距离今天更近，文献资料和民间传说汪洋庞杂，个人事迹宏广，作者写作反易陷入取舍两难和左右牵制的困境。另外一方面，历史上的各类文学创造早已汗牛充栋，难于出新出挑，写作难度其实比大禹、李冰、落下闳三人更大。

具体到李冰这个人物和《汤汤水命》这个文本来，其文学创造难度，是大还是小呢？

有一点毋庸置疑，作家对历史人物的活化并不只是依据历史文献进行简单的翻译和阐释，其必须借助当代的科学技术手段以及人们喜闻乐见并熟悉惯知的文法乃至语言系统进行再创造，这就意味着作家必须借助历史文献画定的大框架，但是又不囿于这个大框架，完成一次对历史和自我的大突破。刑侦画像理论的运用，和作家的突破意识在此不谋而合。因此，作者凸凹首先需要完成对自我的突破，才可以言说对历史人物创造的突破。只有完成了自我突破，他的创造才会脱离历史文献的桎梏，迈向文学画像的创造之旅。也因此，他才可以既依循历史文献大框架但是又游离在这个大框架之外。

以我有限的阅读视野，运用长篇小说这种文学表达方式对李冰这个历史人物进行正说的创造性画像的作品，《汤汤水命》之前似乎并没有。原因何在？创造难度之大使作家们视为畏途。由是迩来三千年，留下的俱是史家的严肃文字或散文家的抒情笔调，小说家言要么怕唐突先哲要么怕戏说历史而被小说家们集体放弃。汉晋以降，《风俗通》等近于小说的笔记虽然有"李冰斗江神"的故事性搬演，但主要都侧重于李冰这个历史人物身上所具有的神性色彩，而对其人性光辉了不涉及。也因此，李冰的接受史，更多是神性的一面，而非人性的一面。人们对李冰人性的创造渴求，由是成了一个历史性的文学悬空课题。

见机而作。这样的历史机遇，历史性地落到21世纪的今天，落到作为蜀人后代的凸凹身上，看似偶然，其实也实属必然。

二、刑侦画像的理论背景

然则，面对这样一个历史机遇，作家究竟该怎样才能完成这个使命？

尽管历史久远，但线头还在。凸凹的文学创造，必然要依循真实的历史文献。尽管小说创作为他卸下了"学术创作"的重荷，但并不意味着他可以跳出历史文献而自由生发，他显然需要借助于对历史文献的温习、串联、钩挂以及分析利用，在李冰的神性记录里，找寻到并勾画出李冰作为人的人性轮廓。

刑侦画像理论便由此进入到他的笔下。

刑侦画像又称模拟画像、公安画像等，是依据目击者的语言描述，利用素描等方法模拟刻画出犯罪嫌疑人相貌特征的技术方法。长期以来，由于刑侦画像技术自身的特殊性，对它的学科地位、人才培养、技术应用的研究发展缓慢。据有关资料介绍，截至目前，我国尚未有一所高校建立刑侦画像相关人才培养的教学研究机构，刑侦画像理论和技术运用的人才也因此十分稀缺。

其实，刑侦画像在历史上早有运用。京剧《文昭关》中就有伍子胥因被楚国画像通缉，难以过关而一夜白头的故事，这可能是文献记载里最早的一次刑侦画像的运用。《后汉书·党锢传》里还记载了一个故事和画像理论有关：据传，东汉汉灵帝年间，为了捉拿张俭，于是画其面影，张贴于各州郡城楼市井，便于市民辨认举报。

这种"画影图形"就是早期的刑侦画像，官方依据的是目击者的语言描述。具体到李冰这个历史人物，我们今天看到的语言描述，便来自于接近目击者的零星而不系统的"语言描述"，如司马迁《史记·河渠书》、扬雄《蜀王本纪》、常璩《华阳国志》等。借助于这些语言描述，李冰这个历史人物的轮廓应该是分明的，其主要人生事功是清晰的。凸凹完全可以依据这些语言描述，完成一个最基本的人物画像。

但"历史的语言描述"正如不确定的语言描述，指向的人物最终画像充满着很大的不确定性甚至风险性。还记得前段时间网络上盛传的"梅姨"画像吗？面对网络上误传的并不准确的梅姨画像，公安部门不得不及时辟谣：网络上流传的广东增城被拐9名儿童案件嫌疑人"梅姨"的第二张画像非官方公布信息,梅姨是否存在,长相如何,暂无其他证据印证。这就从科学的角度,否定了不确定的语言描述画出的人物画像。

凸凹要避免陷入类似的"梅姨"困境,便需要在审慎而批判地接受"历史的语言描述"之外,通过合情合理又现实对榫的文学画像,丰富和填充李冰的细部肌肉和经络血脉。

上下三千年,作家当然需要进行史学与文学、历史与现实的画像融通。可以肯定地说,他的文学画像成功了。

三、《汤汤水命》的画像融通

骨架既有,填充肌肉和经络还是颇考功夫。

凸凹在《汤汤水命》中的故事编织,贯穿着他自我设计的画像填充妙法,其核心在于对李冰神性的弱化和人性的强化。彼此消长之间,一个生动的、个性十足的、情感真挚而丰富的李冰便站在了读者面前。

第一,小说家的个人水平和经验常识在这次补充画像里发挥了巨大作用。凸凹依循历史文献，以蜀主、王叕、杨磨、司马错、张若、田贵这些历史文献记录的人物为骨架，填充了围绕在他们身边的金渊、嬴漪、桃枭、盈、羊雪等人物，他们或正或反，生活在李冰的郡守府或家庭中，成为他的战友、敌人和亲人，让李冰在神圣而高大的治水大业之下，有生动而具体的斗争和爱恨。这是小说这种文体发展到今天赋予作家的权力，也是作家驾驭小说这种文体必须具备的基本功，即运用文学的方法考量史学的问题。

在这方面，凸凹或许潜意识里认同钱锺书先生的史学观点，并将之化到了《汤汤水命》一书的人物画像理论之中。钱锺书先生比较推崇司马迁的史学，尤其是司马迁的记言。他对"史汉优劣"（《史记》和《汉书》的优劣）问题的分析，可以看出他的史学态度，他从他擅长的文学角度去探讨"史""汉"之间的差异，推崇司马迁那些可能出自自己想象的历史"记言"，有着让人信服的时代契合性。以此观照，凸凹用文学或者干脆说是小说创造的方法，为李冰安排的这些亲人或者仇人，以及他们在治水前后的斗争、恩怨、情仇等情节，都"有着让人信服"的合理性。史之未有，不妨运用小说心匠意造，这是小说画像对历史画像的融通。

第二，我们也要注意《汤汤水命》在时代上的融通。前论创造难度尚有一点未提及，即"小说家言"究竟是以李冰所处的战国末期的语言系统为尚还是今天所处的语言系统为尚。这当然关乎小说的时代表达技巧。很显然，小说不并需要像《史记》那样，也不需要像《尚书》《左传》那样，尤其是写给今天的读者看的小说，它只需要保留一点"历史的痕迹"，更多运用当代的语言系统。"事体""甚善""然"等语言系统里，也充满了"人间蒸发""死不溜秋"等当代的语言系统，战国末秦国初的政治体制、社会环境、民间风情，这些"历史的痕迹"里，很难说没有当代的阐释。但这些阐释和因为阐释而创造的语言，不仅无损情节的推进和人物形象的刻画，反让历史人物有了融通时代的亲切感和亲近感。作者"处心积虑""挖空心思"地和这些历史人物进行时代融通基础上的对话，目的在于让他们配合李冰，完成人性的创造。

"小说是文学艺术的最高形式，因为它最为有效地将一个社会的多种方言纳入彼此之间的对话关系之中。"(《叙事的本质》,罗伯特·斯科尔斯、詹姆斯·费伦、罗伯特·凯洛格著,南京大学出版社,2015年版)凸凹的这种语言系统在小说中的融通,深得苏联著名文艺理论家巴赫金的"教导"。"这种对话的实现途径可以是对诸方言进行序列性组合,或是采用巴赫金所谓的'双声话语'(Double-voiced Discourses)。"《汤汤水命》中的"双声话语"或许代表着当代小说创作对历史人物类题材语言表达的一种风尚,凸凹借助李冰及其围绕在他身边的那些亲人或者仇人之口,成功地破解了文学叙事上的一个难题。从《汤汤水命》的文本来看,如果说开篇的诗意语言是作者有意识地"迂回"的话,那么,进入到李冰人生经历的"双声话语"无疑让凸凹基于结构精巧编织上的叙事,开始显现出游刃有余和"顺水推舟"的自信。

第三,更为重要的一点或许在于情感上的融通。除了治水,李冰留给时代的背影是缥缈的、模糊的。他的喜怒哀乐、他的爱恨情仇,甚至他可能的个人爱憎,在整体画像中同样重要,这是构成一个鲜活的历史人物的有机组成部分。作家如果将李冰塑造成一个只会治水的工具和机器,那么,这个画像就很有可能陷入"梅姨陷阱",甚至,他可能在既有的历史画像基础上,造成创造性的污损而不是创造性的完善。

所幸,凸凹在《汤汤水命》里,密密实实、细腻温情地编织了李冰的情感细节。他对母亲洣的孝顺,对助手王叕的信赖,对师兄兼政敌嬴漪的宽容,对儿子二郎的歉疚,对王事的忠义以及对普通民众的体恤……无一不闪耀着作为一个普通人的灵性光辉。这些人物性格、情感上的填充,乃依托于一个接一个纷繁复杂、彼此咬合的事件烘托,这就让人物性格和情感有了牢靠的基础。读者看到的李冰,不是神仙,而是一个普通的鲜活的人,他不惟是观念和认识上的治水大匠,也是孝子、慈父、能吏、挚友、丈夫、臣下、同事……作者借助李冰这个人物神性的历史线头,完成了人性的现实落地;而读者则借助这些丰富的形象定位,完成了和李冰在情感上的融通。

如何评价《汤汤水命》的价值?这是这本书提出来的一个隐形命题。历史画像之后,经过漫长的断裂周期,《汤汤水命》藉由画像理论,成功地对李冰完成了一次文学画像。仅从对李冰这个历史人物的文学创造这个维度来观察,《汤汤水命》无疑具有开创性的意义,是划时代的。从《汤汤水命》开始,我们似乎可以说:人性化的李冰真正活泼起来了!

第八品　蜀书二十四品　实　境

取语甚直，计思匪深。忽逢幽人，如见道心。

——司空图《二十四诗品》之地十八：实境

《走马锦城西——五百年前的诗意成都》，黄勇著，
成都时代出版社，2020年版

风景的历史与历史的风景
——读作家黄勇的历史随笔集《走马锦城西——五百年前的诗意成都》

对明朝蜀地人文历史的打捞，长期以来形成了一个顾此失彼甚至"厚此薄彼"的情形，即集矢于明末张献忠在四川的大屠杀研究，而忽略了整个明朝从建国初期到中晚期这段漫长历史的研究。从专业的史学研究者到作家，大约都有了末世乱象比治世平局更摇曳多姿这个心理预期，所以不自觉地形成了自己的历史写作偏好。

张献忠在四川的大屠杀以及因诸多原因而带来的人口锐减，及至大移民，对晚明及此后清初近一百年的四川影响深巨，这是毋庸置疑的。前者，是蜀人的痛史，以史昭鉴，这当然应该付以浓墨重彩；而后者，则关乎蜀地社会变迁及风俗的形成，所谓从俗思源，这似乎也可以说是无可厚非。但蜀地在明朝承平治世之下的两百余年优游历史,自然有它婉转纷繁的气象,对今天的蜀地习俗和蜀人气度产生着深远的影响。如果说末世乱象是以摧毁文明让历史记忆深刻,那么,治世平局中的文明催生以及形成则无疑让历史更加嫣然可观。末世乱象是晚秋荷塘里的几支残荷,治世平局是它接天莲叶无穷碧的样子,残荷有它别样的美,但我相信,更多人愿意看到"接天莲叶无穷碧"。

作家黄勇的《走马锦城西——五百年前的诗意成都》(以下简称《走马锦城西》),将其兴叹的笔墨趣味集中于明朝两百余年治世中的成都风景,为我们复原了这优游蜀地中大都已经沉入历史烟云的动人景致,成为近年来明朝蜀地人文历史打捞诸多作品中,颇具独创性和标志性的一部历史随笔作品。

《走马锦城西》的历史选题的形成,在偶然性中其实有着必然性。明史研究专家胡开全在日本发现有关蜀王的珍稀文献,翻拍之后提供给了黄勇。黄勇在其中发现了"明成都十景"的诗篇,悠然感会于衷,便确立了这个选题,这是历史的偶然之处。但历史是人民创造的,十三代蜀王用诗歌文献记录下来的成都十景以及其他历史风物,早已经在人民记录的线头线脑中埋下了引子。蜀王珍稀文献只是偶然中起到了一个牵线的作用，在浩大的人民记录里，它们只是其中的一个佐证。《走马锦城西》中，大量的文献征引，正是"人民记录"的历史证明。风景的历史与历史的风景，经由两重记录，在这本书里完成了它的历史互阐。

风景的历史，是这本书的浅表层。黄勇调度的，正是胡开全提供给他的珍稀文献。蜀地有幸，明朝十三代蜀王，除了少数几个实在是提不起来的嫩豆腐外，其余大多数都是"诗书礼乐化一方"之主。他们的优游气质，影响了蜀人的生活态度，对城市景观的热衷改造和参与题咏记录，正是这种气质的生动表现。举凡龟城春色、浣花烟雨、市桥官柳、草堂晚眺、霁川野渡、墨池怀古、菊井秋香、闷宫古柏、岷山晴雪、昭觉晓钟，都是一个承平治世人文蔚起、民康物阜的证明。创造力与想象力只有在经济如此高度发达、文明如此高度富集的环境下，才能自然恣肆、纵横无阻。蜀王们的同题诗，更像是一场有组织的风景接力秀，而不单纯是王宫内苑的才艺比拼。藩王们的与民同乐，让风景有了穿越宫墙的现实基础。它们在历史的暗角，依然散发着动人的辉光，极雅致与极民众，成为"明成都十景"的两个最核心符号。正是这个浅表层，让大多数不了解明朝蜀地人文历史的人，经由这本书，重温了这段"接天莲叶无穷碧"的历史。从这个意义上来讲，《走马锦城西》对这段藩王之下的成都历史，有着极好的普及之功。

历史的风景，是这本书深层的内核。作为一个作家，黄勇知道，仅仅呈现风景的历史是不够的，他需要作为历史风景的观察者，在浅表层的基础上，指认风景呈现基础上深层的价值或者揭示深层的内核。藩王文献中的个人趣味，如何得到人民记忆和历史审美的检验，作家显然还需要调动人民的记录，呈现历史的多重景致。所以，风景背后的人事更替、历史变迁、风俗流变等等，才是本书的深层内核。由汉唐而及宋元，历史的上承记录里，其实早已埋下城市风景的伏笔，而历史的当代记录里，正是当时成都十景的最好呼应。黄勇在《走马锦城西》里，有很强烈的现实观照和现实思考，尤其是隐含其中的治乱与兴亡之叹，有些尽管以俏皮幽默的笔法写来，仍然具有很强的艺术感染力——须知，蜀人无论身处何种情境，都天然葆有这样的幽默天性。在这个深层的内核里，成都十景既可以是明朝成都的城市人文史，更应该是明朝成都的风俗流变史和文明兴废史。景致消亡的，人文与这城仍在，景致仍在的，历史与这城常新。黄勇打通古今的历史观，让《走马锦城西》这本通俗浅近的历史随笔，有了穿越时空的生命力。新世纪的"成都新十景"评选，尽管已经与"明成都十景"相去甚远，但从中仍然可见这样的历史观，即由人民创造和人民记录，见证城市兴衰与风俗流变。因此，要读懂这层内核，藩王们的诗文记录远远不及参考文献来得重要。作家将这些人民记录化在了他流水一般的文字里，但很多时候，我们常常记住了藩王，而淡视了流水。

到这里，我们应该看清楚了这本书中的两种历史互阐笔法：风景的历史与历史的风景的互阐，即历史随笔的浅层与深层互阐；藩王文献与人民记录的互阐，即历史随笔的材料互阐。而这两种互阐关系合力完成的，正是对明朝蜀地人民历史的全新阐释。它的开创性以及独特性，应该能够得到历史的检验。黄勇在强调藩王文献的同时，注重了对人民记录的充分运用，但他照顾了历史随笔的浅层阐释,却忽略了对历史随笔的深层阐释,使得《走马锦城西》的历史感发停留在了浅尝辄止的维度,给人一种架构初起、内实不足的感觉。希望他的下一部历史随笔作品,能照顾好这种深浅关系,使历史展示和历史感发臻于极致的平衡。

第九品 蜀书二十四品 委 曲

登彼太行，翠绕羊肠。杳霭流玉，幽幽花香。

——司空图《二十四诗品》之十七：委曲

《像李商隐那样写诗》，龚学敏译注，长春出版社，2020年版

找到诗的诗性与神性
——读诗人龚学敏的《像李商隐那样写诗》

新诗百年以来,要试图解构李商隐其人其诗的人,实在可以说得上是前赴后继、代不乏人,但他们都不免要陷入一个诗意的迷魂阵:面对公案纷纭、情绪与意象多端的李诗,往往无所适从,难以决断,最后不免蹈袭陈言,援用旧说。李诗本来的神性与诗性,反倒少有人追究了。

以李商隐最为有名的《锦瑟》为例,解读史上便有何焯瞻"悼亡说"、程湘衡"题诗说"、汪韩门"自况说"等等,貌似各有发现,实则各树门派、各自为政、互不买账,乃至相互攻击,聚讼纷纭,让后来的读者难辨真伪。连钱锺书先生这样的智者,也不免要进入程派的"题诗说"中,大论"悼亡说""自况说"的不恰之处,大乖他安稳做学问、不陷一宗一派之说的本意。

或有人要说：这不正是李诗的魅力所在吗？

其实，李诗的魅力，不仅仅在于寻索这种迷离的诗题诗意上，更在于从诗的本来面目上，找到和找准诗的神性与诗性。关于《锦瑟》是否为悼亡、为题诗、为自况，虽然也重要，但直面文字呈现出来的诗性，无疑更是解诗的重要前提。对大多数普通读者而言，他需要这样直抵神性与诗性的翻译，而不是作为学术门派的一方，参与任何一种学术意义上的论争。前者，是我作为一个普通读者的直觉，和门派无关，和学术观念也无关。

在近年出版的有关李商隐诗作的译注解读作品中，诗人龚学敏译注的《像李商隐一样写诗》便跳出了学术论争的陈言旧说，直抵李商隐诗歌的神性与诗性，显得耳目一新、卓然众派。

龚学敏被誉为当代最有影响力的诗人之一，这让他在诗性上有了接近和了解李商隐的优越条件。和普通读者不同的是，他善于捕捉李诗神性与诗性的灵光一现；和学院派学者不同的是，他不太关注甚至是忽略了李诗当中学术意义上那些迷离恍惚的复杂意象，而是用当代人的眼光和思维，甚至是当代人习惯的语义和语境，去理解李商隐在诗中直接流淌而出的诗性与神性。

从他直译的李诗来看,诗性显然被放在了第一的位置,神性次之。诗性的直译里,也有当代诗性的再创造。比如著名的《夜雨寄北》里"何当共剪西窗烛,却话巴山夜雨时"一联,他的翻译就充满了当代诗的唯美和深情:"什么时候我俩才能在西窗下共剪蜡烛燃久了冒出的灯花,你说,巴山夜雨越下越大,像是秋日里绵绵的思恋。"又如《筹笔驿》一首,他化沉重的历史为轻巧灵动,直译"他年锦里经祠庙,梁父吟成恨有余"一联时,化"恨"为"怅惘"和"抑郁",让多少沉重的历史,在当代人的情感里,变得轻松起来:"想起那一年,在锦里的祠庙,凭吊武侯时,读罢《梁父吟》的怅惘,至今还抑郁在心中。"

对李商隐一组《无题》诗的直译,更见出了龚学敏的诗人之性。"相见时难别亦难"一首,尾联"蓬山此去无多路,青鸟殷勤为探看"将李商隐隐晦缠绵的相思明白道出,读来最为解味:"此去蓬山仙境,应该不会太远吧,还请青鸟多多传递,我心中无法忘怀的思念。"此中直译,却也是婉致的,不失神理。又如"凤尾香罗薄几重"一首,

"曾是寂寥金烬暗，断无消息石榴红"一联，他译作："不知多少夜晚，都是寂寥地守到蜡烛燃尽，几番石榴红，可是连你的一丝消息都没有听到。"我以前解得奇正，以为石榴红了，就是消息，还可稍解相思，却不管整首诗的情感流动，其实是一韵而下的相见不能，那么石榴红了这样的消息，实在是"断无可能"出现的了。龚学敏此种直译，大概可以解很多我这样"一厢情愿"者关于诗性的很多谬误。

保留李商隐诗非宗教意义上的神性，则是龚学敏直译李诗的又一大特征。为此，他摒弃了严谨的、学术意义上的"能注皆注"，只选择一些重要的、有助于理解译意的"应注才注"。为此，整本译注突出了"译"，而淡化了"注"，目的就在于保持李诗的神性，同时，也避免了让自己陷入注家们的注释纷争。须知，关于李商隐诗的注释，历来是注家们寸土必争的敏感地带，龚学敏知道自己不必强作调人，在各种不同的注家中去勉强沟通，而是选择一些不得不注又能取得各注家认可的地方作注，非是一种注解的投机取巧，实在是为了最大限度地保留李诗的神性。正如他在题为《为什么要像李商隐那样写诗》的前序里所言:"李商隐的写法更接近诗歌的本质,也就是具有神性,而更多的中国文人就是不惜消耗一生的才华,也要在自然中寻找属于精神层面的神性。"找到和找准李诗的神性,当然是龚学敏在这本译注里的独特心法和诗意贡献。

这也就能理解,他将聚讼纷纭的《锦瑟》一首放到压轴来译注的诗人之思了。他摆脱了历代注家各种不同说法的纠缠,最大限度地保留和尊重了《锦瑟》体现出来的神性,用"终章显志"的诗人意图,将李商隐这首具有代表性的律诗放置于诗性与神性兼容的最高祭坛,享受后来之诗人的虔诚膜拜。

无疑,这是一本以诗人之身解诗人之深、以诗人之心解诗人之辛的译作,更是一本普及李商隐诗的诗人译作。有了这样一个译本,我们大约可以这样总结这本书的妙处:诗人倡导像李商隐那样写诗,其实也是在传递一个信号,我们也不妨像龚学敏那样解李商隐的诗。

第十品 蜀书二十四品 疏 野

筑屋松下,脱帽看诗。但知旦暮,不辨何时。

——司空图《二十四诗品》之十五:疏野

《漂木》,泽波著,成都时代出版社,2020年版

类型小说的分野与合流
——读作家泽波的长篇小说《漂木》

"类型小说钟情的题材,往往在日常性之外,传奇的色彩必不可少。"

著名作家王安忆在《小说与我》(广西师范大学出版社,2017年版)中,用专章来讲类型小说,她认为类型小说给出结局,绝不会使读者的阅读落空,辜负期待,其方法论体现在戏曲的格式里,有世俗气息,属大众消费。

作为目前不多见的森工类题材长篇小说,泽波的《漂木》显然具有典型的类型小说气质,因着它的题材确乎在大多数读者的日常经验之外,两代森工人的经历都颇富传奇色彩,而结局呢,也当然没有让读者的期待落空。假如评书这种艺术还在民间存活,我愿意相信,《漂木》的故事也是极好的当代评书题材。

作为通俗小说的基本存在方式，《漂木》具有很强的文学娱乐化功能：它帮助读者认识一个特殊的人物群体，了解一段"被遮蔽"的岁月，呈现两代人的恩怨，也安排了几段男女的爱情与情爱。故事讲得曲折好看，情节出新出奇处颇多，这些都十分符合类型小说的要求和逻辑。和严肃文学"争当观念的前卫"相比，《漂木》叙事的技术部分是非常明显的。这样比较，并非要将《漂木》作为类型小说的样板，和严肃文学分出高下，而是藉此探讨《漂木》所呈现出来的叙事特色，以及它反类型化的内生动力。

应该说，《漂木》是超越了大多数读者的阅读经验的，这由它的森工题材决定，这就因应着一段特殊的工业发展历史。中华人民共和国成立初期，国家百废待兴，经济建设急需大量木材，《漂木》中的古锦森工局，即是国家森林工业布局中的重要阵地。无数伐木工人在与世隔绝的深山老林里，从事着单调、艰巨且充满危险的流水作业：砍下树木，顺着滑道流入江河，漂向下游几百公里、上千公里的建设现场。"漂木"在小说里具有双重意向，一是活体的树木顺水漂流，二是一代森林工人的生存境遇。他们在这里繁衍生息、战天斗地，最后也改天换地。他们为了国家的建设，工作、生活在条件极为恶劣的环境下，不畏寒风酷暑，不怕艰难险阻，为国家建设奉献了大量木材。

和"大炼钢铁"的历史妇孺皆知不同，森林工业史较少进入公众视野，也因此，这一代森林工人的工作与生活史也几乎被文学艺术所忽略和遮蔽。印象里，当代文学赞美森林工人的作品，有诗人郭小川的诗歌《林区三唱》直击这段工业史，此外，还有一篇由著名作家刘心武写的散文《白桦林的低语》，留下了对森林工人的赞歌。不过，这些诗和散文，都因为充满了奉命文学的时代特征而很难走进读者。此外，更鲜见小说创作进入这一领域。因此，泽波出于"对得起他经验的生活和感情"，将类型小说写作对焦森林工人以及这一段我国森林工业开发史，在题材上有填补当代小说空白的价值。

但相较于诗歌和散文的写作，泽波的长篇架构，必然要深入到森林工人的日常，丰富小说在时间线和事件逻辑里的过程。他的任务是要在森林工人单调、琐碎而反复的日常里，去设置矛盾、安排冲突、埋伏事件。按照类型小说的结构，他必须戒讽刺、立主脑、脱窠臼、密针线、减头绪、戒荒唐、审虚实，才不至于让他的森工题材小说流于散文一般的歌颂和赞美。娱乐性向前、文学性靠后，《漂木》的叙事高度浓缩和提炼了森林工人的日常，和类型小说在必要的传奇性上实现了合流。《漂木》安排了米亮父亲和林场场长昆林的两次死亡，都满足了读者对类型小说传奇性的阅读期待，而即便是女主之一的林珍与高官张宏青的情爱纠缠，也充满了类型小说在结构处理上"脱窠臼"的高明之处。

《漂木》作为类型小说，在反类型化方面也有很多成功之处，这就让这个目前不多见的森工题材类长篇小说，有了成为类型小说经典的某种可能。在西方，丹·布朗的《达·芬奇密码》就是反类型的典型。王安忆认为这种反类型写作，是非类型小说，她举爱尔兰作家托宾的《长冬》和美国作家纳博科夫的《防守》为例，说它们都有着"颠覆普遍性"的共同之处。但托宾和纳博科夫属于典型的严肃作家无疑。《漂木》的反类型之处在于，它在林珍和张宏青的情爱纠缠之外，再度架设了林珍妹妹和张宏青的情爱纠缠——两姐妹和同一个高官，在现实里绝难出现但又让读者倍感刺激的叙事，这是反类型的一种。另一处，男主米亮作为森林工人二代，在古锦林场已成历史并作为景区开发的大背景下，放弃建设开发多种机遇，返回林场植绿，在忘掉过去、逃离历史的大环境下，米亮的返回林场，也是反类型的一种。这些在类型小说的写作中展开的反类型的想象和叙事，都让《漂木》具备了某种经典叙事的气质。

但《漂木》还很难成为标准意义上的文学经典，或者说，它的结构、叙事包括语言还缺乏严肃文学的气质，概因它并没有完成和类型小说的清晰分野，即依托于类型小说但在思想性上趋向于严肃小说。小说的前三章是有思想性的，它呈现的"漂木"意象使两代森林工人相互影响了的命运有着严肃小说的不确定性，甚至，标准意义上的传奇结局并不是那么重要。从第四章"变革之路"开始，"漂木"的文学意象渐渐化于无形，主旋律意识强化，思想性让位于政治正确。米亮的森林工人二代形象蜕化成时代需要的改革者以及后来的先锋模范和道德标兵，森林工人经历的锋芒被时代的触角磨平，成功的企业家、圆满的爱情和家庭以及张宏青最终的"坏人命不长"，都和严肃文学的思想担负渐行渐远。这样的分野，也决定了"漂木"文学意象在后半段的消解。

反类型化看上去一步之遥，但要跨越，何其难哉。泽波的人生经验和情感里，让他很难跳出"森林工人"这个角色去观照世态、思考命运，这当然不仅仅是他的局限。我的意思是说，他在《漂木》里，写出了一段被遮蔽的工业历史，写活了一群特殊人物的传奇命运，写出了一种深刻的"漂木"意象，并试图进行反类型写作以保持小说的活力，这已经是一种很大的成功了。他的分野与河流，如同"漂木"，其实并不能完全被他所控制。

第十一品　沉著

蜀书二十四品

鸿雁不来，之子远行。所思不远，若为平生。

——司空图《二十四诗品》之四：沉著

《徘徊：公元前的庙堂与江湖》，章夫著，四川人民出版社，2020年版

最大限度地回到历史现场
——读作家章夫的历史随笔集《徘徊：公元前的庙堂与江湖》

长期以来，历史随笔的写作面临着一种两难处境：一是过度专业化，做了学者该做的事而忽略了散文本身需要的"以史感会"；再是"感会"过度而淡化或者说忘记了基本的史实。前者枯燥无趣，结果很有可能是枉费精力；后者则不免错漏百出，蹈空矫情。所以，操持历史随笔必然需要两种素养的储备，同时，更需要两种情性的交融。鄙人以为，只有如此，历史随笔的写作方可不落入此种两难。

这是近读作家章夫的历史随笔集得出的一点体会。此说何据？试延展说明如下，权为对《徘徊：公元前的庙堂与江湖》的简评。

素养的储备：文史哲融合的三位一体

所谓文史哲不分家，这是一种学术概念，具体到随笔写作上，需要就文学说文学、就史学说史学、就哲学说哲学，然后才可以谈到"不分家"。即先要有独立的文学素养、独立的史学素养和独立的哲学素养，才可以谈融合的文史哲素养。学科体系上没有文史哲统合的学科分类，自然，个人的知识储备和系统接受上，也不能混合而一，一蹴而就。因此，从这个意义上来讲，章夫在完成这个散文集之前，系统对上古、中古和近代史进行学习、研究的方法，是非常正确的。这次中年之后的系统学习，当然较学生时代的课本以及工作以来的分散接触式学习有很大的区别，它的作用，除了修正前面两种学习可能存在的错误之外，还具有了更广阔的史学维度和更专业的史学深度，这就让他的"史实"有了"史学"上的保证，脱离了第二个"难关"。

应该承认，作家有兴趣进入历史，进而研究历史，这是好事。当前随笔写作出现的"历史"流向，可能不仅仅是一个偶然的规律所能道明的，更多，是作家们的"别有襟抱"。将漫长的中国历史随便截取一段，即可发掘无限丰富的题材。我相信，作家们并非仅看重这种随笔解决"信信疑疑"的问题，而是借历史人物之口或托历史事件，发出和自己不一样、前人所未谈以及能引发共鸣的感怀。这就决定了历史随笔应是"感情"重于史实的写作基调。从《徘徊》的整体风格来看，章夫的历史随笔写作，正是这样。这就是作家需要具备的文学素养。

由于历史事件和历史人物离我们今天的生活通常很远，这需要作家很好地处理历史随笔的"时空距离"，从而在哲学上完成时间、空间与情感上的"当代对位"，避免以历史约束当代，或者以当代指认历史，从而陷入"混乱的历史"，或者生造一个虚无的时空，使文史融合失去了科学的、哲学的合理摆布。所以，作家的哲学素养成为文史融合、历史随笔写作需要的又一个重要的基本功。以我对《徘徊》的观察和体认，章夫在30余篇历史随笔中的"当代对位"，是合理合情的。如他对公元前600年至前300年间作为人类文明的"轴心时代"的认同以及对位，以及用诸侯会盟对位今天的"高峰论坛",用秦始皇派遣三千童男童女寻找长生不老之药对位今天的"海漂",既妙趣横生也合情合理。

情性的融合:浪漫与理性的二元交替

历史从来不是刻板教条的"老先生",也可以是浪漫感性的"热恋中人"。溯源我国纪传体史书肇端巨作《史记》,可以略窥司马氏的历史浪漫主义。在这位具有高度浪漫主义色彩的史学巨子看来,历史可以在"究天人之际,通古今之变"的基础上,"成一家之言"。所以,"太史公曰"论赞式的直接褒贬,成为他最有个性的历史浪漫主义表达,为后来读史者所激赏。此外,他在人物传记体例格式上的处理、材料的取舍、互见法的运用,以及人物形象的艺术刻画上,都表现了深刻而丰富的浪漫主义情感。更为后来读史者所特别关注的是,他寓论断情感于叙事以及将民间谚谣诗赋巧妙插入史叙中的做法,运用神话灵异进行历史隐喻的技法,都无不体现着他的浪漫主义态度。

这些浪漫主义表达,不仅没有让他的历史写作丢分,反而成为他的历史作品的加分项。司马氏的这种浪漫主义情性，成为《史记》为人喜读的主要原因，也为千百年而下的历史写作做出了最好的示范。

但历史的浪漫主义并非一头无法控驭的烈马，理性的史家应该有能力勒住浪漫主义的马缰，从而让这匹浪漫主义的烈马及时回到理性的轨道上。这种浪漫与理性的时机交替，对作家而言当然是一个非常重要的功力考验。它既不能太早，使历史的浪漫主义未得舒展而被"腰斩"，让读者"莫名其妙"；更不能太迟，使历史的浪漫主义已成压倒之势，历史的理性成为摆设，最后给读者的感觉就是"无凭无据地乱发抒情"。

《徘徊》的整体气质在于，它既充分借鉴了司马迁的历史浪漫主义手法，使怀古抒情成为随笔很好的加分项，又比较好地避免了文本整体堕入历史的虚无，使整体的写作气性围绕基本的史实或者常识并有恰到好处的情绪发挥，正所谓"发于衷而归于实"。两种情性的融合，使《徘徊》的文本充满了很强的可读性，又有较强的史料分析和运用价值。如果说，文学素养是作家需要的历史浪漫主义，那么，史学和哲学素养，则是作家需要的历史理性。从这个意义上来讲,《徘徊》可视为章夫文史哲融合的代表作,更是其个人气性很好地统合了浪漫与理性两种写作情感的代表作。

观察近年来的一些历史随笔作品,不难发现,历史的浪漫主义显然是相当一部分作家共有的不足,其原因不外乎是对历史的浪漫主义缺乏正确和到位的理解,以及欠缺在具体题材上的运用方法。章夫的《徘徊》之所以很好地驾驭了这两点,正在于章夫在以前的散文创作上具有浪漫主义的先天优势,以及职业特性带来的后天努力。他对《史记》《战国策》《左传》等经典史学著作的系统再学习,是他能否熟练运用历史浪漫主义方法的关键,而"尽可能地进入历史的现场",则使他的历史浪漫主义生发有了最根本的情绪保障。而这一点,正是我认为的《徘徊》的又一种与众不同的特质。

时空的融合:历史与当下的二元对位

"最大限度地回到历史现场",说起来容易,做起来困难。这不是穿越小说的历史戏笔,而是通过在现场所见所感,让时空融合,完成历史与当下的二元对位。我注意到，章夫在《徘徊》中选取的历史素材，都是历史现场感很欠缺的大事件和人物，时间久远，史料欠缺，即便有一些遗存，也帮不上多大的忙。但"历史的现场"不分大小，存在即有价值。章夫回到现场的方法其实也并无独家秘籍，不外乎"文本神游"和"现场感会"两种。但很好地打通这两者，使时空融合，二元对位，则是《徘徊》的可贵心法。

所谓"文本神游"，即尽量将选定题材的历史素材汇聚一起，为我所用。这是史实的基本功，只有汇通这些史料，最后才能跳出史料。这有点像临帖，先要汇通法帖的神韵，最后才能在法帖的基础上成就自己的韵味。"现场感会"则可以将"文本神游"中的很多疑点、重点进行验证、比较，从而生发新的收获。如果没有"文本神游"，"现场感会"可能会大打折扣，因此，毫无准备的现场，是历史素人的"到此一游"，他显然无法和历史人物在情感、情绪和情怀上进行跨越时空的联通。

透过《徘徊》中的30多篇独立而又颇有联系的文本，大体可以感知章夫的现场感怀，主要得益于三点：推己及人，重视细节，关注小人物。章夫的历史领悟力，因为有文学和哲学素养的储备而较诸一般写作者更敏感，主要表现在他既敬畏历史但是又并不受限于历史的"经验主义"，他把那些大事件、大人物拉到现场，和他们平等对话，理性交流。他不盲目崇拜，也不轻易贬损，历史在他看来，就是一次平易近人的下午茶。而关于细节的取胜，可能跟他多年新闻采访和新闻指挥的职业性有关，所以，《徘徊》的文本也不妨看作是新闻学的衍生品。由于章夫在后记里对此有详细的说明，此不赘述。

小人物在历史中的作用和影响，已成为近年来史学研究的一个重点。章夫在《徘徊》中对小人物的关注，当然不是学术上的专业和权威分析，而是从事、理、情诸多维度对小人物进行的个体指认，读者如要用史学思维来"对位"，不免要失望，但如果用文学思维来观察，则一定有相同的感会。要注意的是，小人物在他的作品里，并没有褒贬意义上的町畦之别，而是仅就其在历史事件和进程中的地位性而言。章夫所关注的小人物，此前也并非没有人关注，但他对这些小人物关注的维度及其在历史事件和进程中扮演的角色，则的确有很多新见，读者不妨细察，相信一定有收获。

"最大限度地回到历史现场"，让章夫不仅满足于"文本神游"，更成为地理学上的行者。《徘徊》中的历史足迹，不仅限于他生活和工作的巴山蜀水，也有更为广阔的神州大地。这是历史随笔的可贵之处，也是章夫历史随笔的地理学附翼。即便从历史地理学这个角度来看，《徘徊》所呈现的"庙堂与江湖"，也因为他的行走，客观上拉近了我们和历史的距离，那些似是而非的大事件和人物，正在走出"徘徊"的历史，面目清新地向我们走来。如果要说好的历史随笔应该具有的价值，我认为如此当是。

第十二品 含蓄

蜀书二十四品

不著一字,尽得风流。语不涉难,已不堪忧。

——司空图《二十四诗品》之十一:含蓄

《我见陈道明:用角色与观众交流》,赵琨著,北京联合出版公司,2020年版

从"我见""主见"到"共见""高见"

——《我见陈道明：用角色与观众交流》的表演艺术研析进阶

　　青年学者、作家赵琨的著作《我见陈道明：用角色与观众交流》作为国内目前第一部剖析陈道明表演艺术的作品，在给读者提供专业、全面、深入、精细化解读的同时，也给读者带来了一个文体学归类上的难题。这究竟是人物传记还是艺术评论？或者是融合了人物传记底子的文化随笔？

　　本书是在国内图书市场上享有盛誉的"后浪电影学院"书系之一，后浪选题策划人自己给出的陈列建议是"传记、影视、畅销"，戏谑言之，充满了"墙头草"和"骑墙派"依违两可的"狡黠"色彩：既不甘心被普通的明星"传记"这一印象标签套牢，又不愿在"影视"这个二类取向里弱化了"陈道明"这个大IP（陈道明现任中国电影家协会主席，为中国影视界标杆性人物,从艺几十年来成就巨大,获奖无数)带来的潜在影响,最后还要"副翼"一个时髦的"畅销",真可谓"精致的不老实"(钱锺书《围城》自序中调侃语)。策划的刻意,在图书营销至上时代,实在可以说是无可厚非。

两相比较,我更喜欢作者写作的率性和自然——他显然并没有把这种末端的文体学问题作为一个问题。他将喜好、兴趣转化为持久的关注和精深的研究,再挟热情、才气、勇气和蛮力以及巧手绣花的功夫,穷8年(2013-2020)精力,将陈道明40年演艺生涯及50来部影视剧作品熔于一炉、烩于一锅,抽丝剥茧、去粗取精,一心一意、九蒸九制,最终"我见"出了一个别样的陈道明及其"艺术人生"。其艺术研析高标见技、直立树伟,行文旁征博引、从容熔铸,提炼精到、睿智明断,诚为陈道明表演艺术研析既开风气、复集大成之作。

此书之成,或天所假,没有对陈道明演艺的深沉喜爱,是无法遍览陈氏从艺40年来50来部影视剧集、海量访谈文字及影像资料的,更是无法花8年时间专注于做一件事的,仅仅这份投入与坚持,就当令人为之动容。

不了解赵琨的读者可能会以为他是影视圈中人，或者是戏剧学院表演系专业出身，最起码，也应该是艺术门类相关从业者。殊不知赵琨其实是一个审计专业毕业、成天和枯燥的数字打交道的80后理工男，既无影视圈经验，也没有表演天赋。他所凭借的，不过是兴趣、热情和耐力。他通过深度阅读中外表演艺术大家的著作，逐帧逐帧观看品嚼陈道明影视剧作的画面，一篇一篇搜罗陈道明接受的公开采访，然后综合运用影视戏剧、古典文学、历史、哲学、美学、心理学等学科积累，对陈道明的表演艺术进行赏析、提纯和概念设定。赵琨这一整套可称为"微分子作业"的过程，既有阐幽发微，将陈氏表演的精微深美准确捕捉、深度抉发从而彰显于众；又有不惮批"龙鳞"的愚直，对陈氏表演或处理思路中一些他认为的不妥之处，也提出了率直的商榷意见。可以说《我见陈道明：用角色与观众交流》既是陈道明表演艺术的赏析大全，也是一部理工男向表演艺术研析者的进阶史。

问题是，赵琨的"我见"能否成为公众的"共见"呢？或者说，赵琨的"我见"能否经得起专业赏析和公众共情的检验？这些文本在形成《我见陈道明：用角色与观众交流》一书前，赵琨曾以"荞麦花开"为笔名，在知乎上专开了"陈道明表演艺术赏析"专栏，本书中的大多数文章，都曾在知乎上发表过。从网友的评论和响应程度来看，他的"我见"是有价值的，"比陈道明更了解陈道明"等乍一看"夸张"的网络评价，使他的"陈道明表演艺术赏析"的知名度和品牌度逐渐形成。从网文最终落地为《我见陈道明：用角色与观众交流》这本书，可见他的"我见"经受住了"共见"的检验。

而陈道明本人对赵琨的"我见"所持的态度，则更显示出了赵琨"我见"成为"共见"的价值。坊间流传着一个传言，赵琨"我见"的写作虽然出于自我命意，但专栏的影响早已经被陈道明本人所洞悉，并电邀赵琨赴北京吃饭（喜感也体贴的是，来回的飞机票陈老师"报销了"）。一夕快谈，赵琨的部分"我见"被传主的"主见"部分认可（古希腊哲学家赫拉克利特说过，人不能两次踏进同一条河流——即便以陈道明自己，今日之陈道明，也无法完全"准确"地"复盘"昨日之陈道明。所以任何来自他人的观察，都不可能为"传主"百分之百认可），这等于是传主和作者关于"共见"的一次访谈，作为"共见"的一部分内容，它融化在这部"致广大而尽精微"的表演艺术赏析之作中。

窃以为，赵琨对陈道明"达斯汀·霍夫曼式"及"罗伯特·德尼罗式"两种导向兼容的表演实践，对陈道明"表演到表达"的转化，对陈道明"艺术人生"的总结等，都因为既有理论导向又有赏析导向而具备了"共见"的较高水准，更由于他篇篇有理、句句融境、字字到情的写作，超越了一般意义上的影视剧赏析，而有了文学与艺术兼美、高雅与通俗融通的艺术评论气象。书中用将近一半的篇幅，丝缕一般解构《围城》《手机》两部剧集的表演精道之处，其对陈道明表演艺术的研习，尤为慧眼。

但如果仅仅把《我见陈道明：用角色与观众交流》看成一部研析陈道明表演艺术的著作，则不免有取向"低见"之嫌。本书的"高见"之处正在于，它以陈道明的表演艺术研析为出发点，熔铸了作者对中国传统文化的高度审美和精神向往，以及对文化自尊文化深度等重大命题的深度叩问和努力探求。以陈道明之演艺为切口和通道，打开了一个更大的融贯文、史、哲、艺的宏大世界，这种写法既远非一般的人物明星传记所及,也非常规的戏剧表演研究专业著作所能限。可以说,由陈道明的演艺出发而及于中国传统文化精神,这才是本书的真正命意所在。由此,我们也就不难理解,作者缘何在陈道明表演艺术研析中,要"妄攀"王国维、陈寅恪、钱锺书等贤哲来"帮陈道明站台",原来此中有深意存焉!

  但这样的"高见"却是本书最难成为"共见"的一部分。大多数读者,仍然只能在本书里看到他自己喜欢看到的那一面:表演艺术爱好者在这里看到了理论;历史爱好者在这里看到了一段和影视剧作相关联的历史;掌故爱好者可能在这里读到了有关陈道明的谈资;而陈道明的拥趸在这里可能会生发出"原来如此"的顿悟。至于将陈道明作为"引子",引向更高级的中国传统文化的高度审美和精神向往,则可能是残酷的"知音世所稀"。所以,赵琨才谦卑地坚持以"我见"作为书名的关键词。他相信,作为影视艺术研究评析者,在艺术之内,他是骄傲的王者;而在艺术之外,是无奈于这个年代的。

第十三品 蜀书二十四品 洗炼

空潭泻春,古镜照神。体素储洁,乘月返真。

——司空图《二十四诗品》之七:洗炼

《成都最美古诗词一〇〇首详注精评》,杨玉华编著,
成都时代出版社,2020年版

民间力量与学人视野
——读学者杨玉华的《成都最美古诗词一〇〇首详注精评》

古典诗词的选本学历来有"仁智互见"的两难,加之选者主客观上的视野遮蔽不可避免地会造成"遗珠"之憾,所以常被编著者视为"畏途"。以我近四五十年来所见,钱锺书先生的《宋诗选注》的确是高峰独峙的一个古典诗词选本,但它带来的问题也很明显。因为选者深厚的学养和宽广的视野的不可复刻性,以《宋诗选注》为代表的古典诗词选本极难成为"照图施工"的标准范式,这就给后来的选本编著者带来了一个重要的课题:在无标准参照的前提下,如何超越前有的选本,形成自我的、独具特色的古典诗词选学标准?

《成都最美古诗词一〇〇首详注精评》虽然受限于地域固化这个前提,但在选的标准上,却跳出了"一人独见"的约束，而采用了汪洋富集、仁智兼容的民间力量，即依托于《成都商报》所发起的"评选成都最美古诗词一百首"活动，市民参与投票，而后经过得票统计、媒体公布和社会各界欢迎认可等多个流程的公开、公平和公正检验，以得票数多少为序是这个选本最核心的标准。概言之，这样的选本来源于充分而且民主的人民性，经受了人民群体的检验，其对"成都"和"最美"两个核心内容的阐释，有别于历史选本的"一人独见"和"集体评议"，因此具有很典型的"照图施工"价值。

这就不难理解这本书在编著体例上的诸多创新之处：第一，它跳出了历史选本按朝代编辑的传统，唐宋元明清及近代的各类诗词，完全按得票数依序排列，朝代概念在这个选本里被淡化。第二，它一改历史选本按诗人选录的传统，而是以得票多少，将诗人混编。在《成都最美古诗词一〇〇首详注精评》里，李白、杜甫、苏轼、陆游这样的卓然名家，是可以和张玉娘、王树彤、吴芳吉这样一些看起来"名不见经传"的诗人排在一起的。在这里，"成都"和"最美"是两个统一的标准，而诗人的知名度和影响力作为历史选本的最高参照标准则被淡化。"名家"和"小作家"并列,体现了这个选本高度的人民性。第三,跳出历史选本过度看重名胜古迹题咏的传统,注重对竹枝词以及其他诗词作品中对蜀地名物、风俗、市井风情的状写,如韦庄的"乞彩笺歌"、张玉娘的"锦花笺"、徐太妃的"题彭州阳平化"、文同的"题凤凰山后岩"等等,皆是"成都""最美"古诗词中较少被普通读者注意者。这些篇什在汪洋大海一般的成都古典诗词中被"捞出",极有助于今天的读者刷新对历史上的成都名物及风土人情的认知。

如同我们经常感叹的那样,阅读这个古典诗词选本,我们会油然生出"高手在民间"的赞赏,这就显示出来这个选本品质保障的可靠性,同时,也避免了历史选本那种"一人独见"造成的"遗珠之憾"。在本书正式出版以前,《成都商报》的"评选成都最美古诗词一百首"活动投票结果出炉之后,已经有读者按图索骥,将这一〇〇首由民间力量选出来的诗词汇集成册,作为少儿经典阅读的样本,在家庭教育中使用,足见读者对"民间智慧"的肯定。

读者对这个选本的认可，还有一个因素，即社会风尚及时代喜好的演进。唐宋以降，李杜横绝一世，几已成不争的事实，选家围着名家转，似乎也成为不是标准的标准。近二十年来，基于对李杜等名家的无死角扫描，建立在以名家为主基础上的选本学，实际已经有了很明显的变化，即名家与小清新作者的互补。这样选取的背后，其实体现的是时代的开明开放的风气，给读者带来的好处在于，在大一统的标准下，有了多维取向和认知的可能。好比你长期吃惯了麻辣主导的江湖菜，突然有了可口清新的清粥小菜，大有让你口味一新之感。事实上，这种口味的兼顾和互融，理应成为古典诗词选本坚持"人民性"和"读者评价主导"的标准。假如后来者有心编著一本成都历代经典诗词选本，不妨以此为标准。

　　难能可贵的是，本书还在民间力量之外，突出了学人视野的详注与精评。编著者杨玉华是文艺学博士，研究领域为文艺学、中国古代文学和巴蜀文化，因此，"最美"成都古诗词，正是在他所能及和所擅长的研究范畴，其对一〇〇首古典诗词的评析，用力最多，当然也最有心得体会，其中不乏独到之解和会心感悟。如对老杜《绝句四首

（其三）》的评析，举凡"两个黄鹂""一行白鹭""千秋雪"与"万里船"，于人习见中，提出"客观抒情之法""景物叠加之法"和"多角度对比映衬"，跳出"就字解字""就意注意"的阐释学窠臼，综合调度美学、心理学和文艺审美等诸多学科学养，给读者提供了全新的经典阐释视角，颇具学人趣味。

此外，编著者还能设身处地站在读者角度进行一般字词的"说文解字"和专有名词的"追本溯源"，使我们了解到丰富的天府文化知识，从而又加深了对所选诗词的理解。如对"锦江""川扇""青羊宫"等名词的阐释，贯穿了浓厚的"史"的观念，完全可以视为有关风物遗迹的沿革史、发展流变史。

即就论析而言，其精到的论述也为这个选本增色不少。编著者对古典诗词寝馈既深，又有吟诗作赋的艺事经历，故对所选作品的论析剖判常能擘肌分理，体贴入微，见解独到，创获颇多。或长篇敷演，酣畅淋漓；或片言据要，切理餍心。虽为论析之体，但皆生动形象，可读性强。

选本还有一个特点，即融通古今。全书于名篇佳句的注释论析之中，古今融通，前后映带，贯穿了对天府文化创造性转化和创新性发展的深沉思考，虽谈论的是古人古诗，却有一种深深的现代感、当下感、在场感。正可谓"观古今于须臾，抚四海于一瞬"，数千年的史事人物，仿佛就活动在当下瞬间。如由杜甫的《赠花卿》、成都的美食文化联想到"三城三都"建设，由前蜀后主王衍的《醉妆词》引出成都的游乐文化等等，都是这方面的好例。

有了民间力量与学人视野，这个选本的标准就此成立，其价值也就有了根本保障。至于其精美个性的包装以及古典山水画的配衬，皆不过余事尔。从出版人的角度，我们还是更看重或者说更乐意把这本书有价值的内核呈现给读者，至于读者更看重本书精美个性的装帧和古典山水画的配衬，那实在是我们的意外之喜了。

第十四品 蜀书二十四品 劲健

行神如空,行气如虹。巫峡千寻,走云连风。

——司空图《二十四诗品》之八:劲健

《王牌密码》,萧子屈著,成都时代出版社,2020年版

西方推理叙事的越界与反超

——读作家萧子屈的长篇小说《王牌密码》

中国类型小说体系里,是缺乏推理小说的,好的推理小说,更是凤毛麟角。成都作家萧子屈这部《王牌密码》是否值得期待呢?于是便存了心,书出版后第一时间找来阅读,还好,没有让人失望。

《王牌密码》的叙事主场放在成都,但故事的开放性却是国际的。开篇发生谋杀案,生物医学教授欧阳克(《射雕英雄传》里的欧阳克是反派人物西毒欧阳锋的私生子,两个相同的名字让我竟然穿越了)因为掌握着"九歌王者"的机密文件,而被"幽灵"袭击。机密文件事关重大、去向不明,欧阳克教授生死未卜,而幽灵的动机显然在于获取这个机密文件,正义的力量必须保护机密文件不落入坏人手里。公司技术总监孙哲和刚刚转正的员工马超(原谅我又穿越了,三国蜀汉政权的名将马超与之同名)、欧阳克教授的女儿欧阳芙蓉、欧阳克教授的弟子杨少波相继出场,和神秘组织展开了一场惊心动魄的智力之战。

按照西方推理小说的叙事逻辑,开篇发生谋杀案,这几乎成为推理小说的标配。英国的推理小说作家克里斯蒂的小说里,常见这样的开篇谋杀案,并且,"她一定负责破解迷局,找出凶手,绝不会让悬念空置。"(《中西小说之不同》,见王安忆《小说与我》第76页)。从《王牌密码》的开篇以及破解迷局的叙事推演来看,萧子屈承继了西方推理小说一些很好的传统,安排智力非凡的男主马超和颜值惊人的成都姑娘欧阳芙蓉搭档,一一转战成都武侯祠、杜甫草堂、宽窄巷子、锦里、都江堰、青城山等成都历史文化名胜,破解密码、抵近真相。周密的计划,智力的交锋,紧张而又不失幽默风趣的密码破解之旅里,也有人性的烛照。小说在规定的条件里必然要逐渐走向真相,正义的胜利几乎毫无悬念,而小人物马超的"出线"并最终赢得美人归,则完全跳出了西方推理小说的叙事逻辑:在寻找作案动机的推理过程中,感情戏甚至艳情戏份,在作家看来完全是画蛇添足。萧子屈并没有按照西方推理小说的叙事逻辑铺排《王牌密码》的解码过程，的确有些援西入中、化西为中的理趣，越界的趣味基于反超的本能。但读者是否买单呢？这就只能各花入各眼了。

但《王牌密码》在解码过程上的设计，还是见出了一定的推理和悬疑的功夫，这又让小说重新回到中国传统叙事的主场。成都深厚的历史文化底蕴，为作者架设悬疑的过程提供了丰富的营养和巨大的想象空间。杜甫草堂的八阵图、青花瓷碎、安澜索桥的奥秘、徐悲鸿的插画，都被作者巧手运来作为悬疑的道具。以城市悠久的历史和文化来建设悬疑的逻辑，这样的构思在丹·布朗的类型小说里也常常看到，但萧子屈的建设更像刻意为之，他力图用悬疑小说串联起历史成都的另类观察视角，格式化之外，有了作者致敬城市的小意图。这又是一种叙事的越界。读者是否买单呢？这就只能取决于读者的审美了。

不过如果读者要将《王牌密码》作为推理演绎的范本或者烧脑等级的测验文本，则多半要失望了，即便以中国传统的公案小说的理路来分析，《王牌密码》也还是缺乏对中国社会人情世故的深刻揭露。李渔说"物理易尽,人情难尽",作为主人翁的马超显然还不具备洞察人情世理的沧桑之眼和练达之心,他承担不起这个抽象与理趣的重担。所以,基于人情世故、基于因果关系的推理和悬疑,并非这个文本的强项,甚至可以说一无涉及。

另外,以西方推理小说的标准来审查,《王牌密码》也没有体现出抽象的理趣,其悬疑的连环性、解码的复杂性,都还欠缺高度与深度。欧阳克教授并没有被谋杀,反派的机密文件交易也并非险象环生。唯一一次掏出的手枪和反派准备用来炸刘备墓的微型炸弹,都因为是玩具枪和最后只能在水里激起几个泡泡的烟花弹而难免让读者有不解恨之感。我的意思是说,《王牌密码》尽管以悬疑推理小说为类型,但它远没有这种类型小说的血腥气和暴力气,而更像是温柔敦厚的成都人在街头一次温柔的摩擦:你要爪子嘛!随便你爪子!最后谁都没有爪子。我的意思是说,《王牌密码》太不像一个正经的悬疑推理小说了,尽管开篇有谋杀案发生,但最后连"死"一个人都那么小心谨慎,读者在悬疑推理小说中的紧张期待就只能落空了。

相比作者在悬疑推理情节设计上的节制,小说随处可见的幽默感，让我看到了作者放纵了的文字趣味，这大体也可以看成这部特别的类型小说的一个显著的特点。基于他对成都诸多历史文化场景抱有深情的叙事串联，我觉得将这类小说看成一种很好的城市营销范本也非常适合。如果《前任3》的成都城市镜头语言是当代的，那么，《王牌密码》里的成都城市镜头语言一定是古典的。古典成都全接触，在这个写作命意之下，悬疑推理类型小说，也只不过是一个工具罢了。

第十五品 蜀书二十四品 悲慨

百岁如流,富贵冷灰。大道日往,若为雄才。

——司空图《二十四诗品》之十九:悲慨

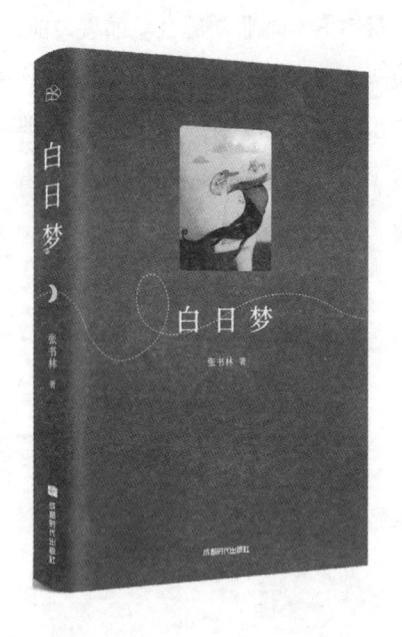

《白日梦》,张书林著,成都时代出版社,2020年版

三层内核，层层剥解

——读作家张书林的长篇小说《白日梦》

小说当然要有比较吸引人的情节，过程和结果都要超出人的日常经验。但情节又不能全盘操控小说，尤其是作家自己的写作个性和思想表达，这就需要情节让位，让写作个性和思想表达靠前，有时候，甚至就是让一种写作内核靠前。这就带出一个问题：在情节、个性和思想表达都不太完全可以触摸的时候，我们有多大的信心和能力，在一部作品里解读出作家的写作内核？

《白日梦》是自称小裁缝的新锐女作家张书林第一部真正意义上的长篇小说。它以貌似荒诞、实则深刻契合现实的命运布局，讲述了一群生活在小城、隐遁于月光之下的小人物的故事。他们像天空的飞鸟，飞过时间的天空，他们是这芸芸众生里来历不明的个体，他们的命运构成了《白日梦》互相缠绕而又休戚相关的七个篇章，但它们又独立地生长出了自己的故事逻辑。这并不是一次向卡尔维诺或马尔克斯的致敬，这只是张书林在《寻绣记》（成都时代出版社，2018年）的绣片余丝里，抽离并编织出来的七个具有魔幻色彩的故事，但我们显然又不能将它当作《寻绣记》的姐妹篇来看待。《白日梦》里蓄藏着张书林女性的狠劲和执意进入文学的猛劲，其势大力沉、来势汹汹让我分明透过情节的雾障，读出了她隐约的写作企图。作为这部作品的责编之一，我愿意以我的三次阅读经验，来解构张书林《白日梦》的内核。

第一层：言说写作的存在价值

2020年8月8日，正是一年中最热的时候。在北京出差的间隙里，我用两个晚上读完了《白日梦》。我在和张书林交流阅读体验的时候，用了下面这段话：小说构思奇幻，吸取了卡尔维诺等西方作家的情节构造思想，又有《百年孤独》的荒诞现实主义色彩。语言干净俏皮，深刻的命运隐喻和信手拈来的语言明喻相得益彰。七个故事既相互独立，又彼此勾挂,是对中国当代市井和底层群像关照与同情的一个特殊文本。在整体构思、人物塑造、语言锤炼上,都达到了成熟小说家的较高品质。

但张书林显然有她的写作逻辑,或者,她写作《白日梦》的初心。类似这样标准意义上的审读语言,显然不能概括尽她的逻辑或者初心。她告诉我,她出自底层,在小镇生活长大,成年后负担原生家庭和自我追梦,在夹缝中一直艰难度日,所以太清楚生活是什么样子。如此,也就不难看出《白日梦》一定程度的底层代言本质。"小裁缝"在书中穿针引线,便串联出一个完整的底层社会面貌。所以,写作这些人和故事,既是她存在价值的体现,也是她对抗庸常生活的必要手段。她说,人总得为庸常漫长的一生找一个活下去的理由,写作就是这个理由,写作给了她最大可能的言说空间。《白日梦》中的几个主要人物,大多都在现实生活里有原型,她只不过是受他们的委托,把他们经历过的人生经验用写作的方式呈现出来。

"成为一个厉害的作家",这就是张书林寄托在《白日梦》里的第一层显性的企图,这当然也是一种写作的动力。"厉害"这个词的要害之处在于,她必须明白"厉害"所指向的文本，一定不能是庸常的、通俗意义上的，甚至是讨好读者意义上的。它必须是超越经验、超过预期的，它不必讨好读者，甚至让批评家也无从下笔。媒体的分析和揣测最好也不能众口一词、指向一端，有争议才是小说意象复杂的最好说明。《白日梦》的最后呈现，使张书林这一层写作内核得到了最大程度的实现。在《寻绣记》的基础之上，她已经由一个颇有文字天赋的小裁缝，成长为一个"有裁缝情节的女作家"。

这样的身份认定并不是要她抛弃"小裁缝"这个写作之源。抛开小裁缝给她带来的经济实惠不讲，仅是职业身份给她带来的文学实惠这一点，我乐意看到张书林继续靠"小裁缝"的针头线脑和花样编织能力，写作出更多让我们惊喜的小说来。假如《白日梦》里消解了她百分之八十的个体经验，那么，更多的经验需要她放长"小裁缝"的日常触角，编织别人的经验和故事。鉴于小说快速地消耗个人经验，在新的个人经验还没有累积起来以前，张书林靠这样的"店听人说"来编织自己的"厉害作家"之梦，也就很容易理解了。话说回来，这不正是写作的存在价值或者说魅力吗？

第二层：解构异人的精神世界

《白日梦》里，写了几个异人。除了树上的春香，还有一个想用五百元包下女裁缝的艺术家何瘸子，一个讲故事的独眼男人和他惊心动魄的历史，还有向往乡村的大都市女白领罗不不，在梦幻破灭之后用鸟枪饮弹自杀……之所以说他们是异人，是他们有着不同于常人的行为。在没能进入他们的精神世界以前，你根本无法理解他们这些行为背后的生存逻辑。张书林的能力在于她比常人有耐心、有办法进入他们的精神世界，并通过文字进行超越于日常讲述的解构。书中一个章节，单讲蚂蚱先生。蚂蚱先生每日游荡街头兜售草编的蚂蚱，但每日卖足三餐的费用便收手，绝不多卖数量，也不高卖价钱，在艰难度日的环境下还保持着底层生活应有的风度。那么，这样的异人，究竟有着怎样的精神世界呢？这就必须进入到异人的过往历史里去探寻答案。小说呈现的蚂蚱先生的过往历史并非是确定性的，它存在着不确定性，也是开放的，读者尽可以在有限的信息里，构造出蚂蚱先生的过往历史来。

最后，必然要呈现主题，作家写一个异人，是想表达一种解构人的精神世界的欲望和企图，这企图就是小说的主题之一。在张书林看来，她是想呈现这样一个主题：当一个知识分子失意于庙堂、退隐于民间之后，会变成什么样子？千百年来，读书人的退路是告老还乡、归隐山林，一直游荡着世外的诗意。蚂蚱先生离开了他的朋友和敌人，离开了思想的战场，去了世外桃源般的月光城，最后变成了一个精神和物质的双重乞丐。保持了应有底层生活风度的蚂蚱先生也学会撒谎和消耗同情，最后让自己完全无可收拾。

罗不不这个人，在小说里也有一种象征意义在。她当然算不上异人，但她最后的饮弹自杀，让我骇然之余，不得不做出一点思考。她和巴五的感情交叉，象征着城市向乡村的逼近，倒不是突围，而是融合、冲撞，然后矛盾生成。罗不不哪里知道巴五过往的家庭史，眼皮底下父母双亡的经历给巴五兄弟造成的人生困惑，是她所无法解决的，她着急忙慌地要巴五接受她融入乡村的意识形态，而巴五还在过往家庭史的阴影里没有走出来。她尚且做不到体面退出——或许她退回到大城市的路已经断了，所以只好自杀，这就看出巴五是不知道她过往的历史的。相互的历史成谜，却要在短暂的交汇后面目清晰地生活，这等于是错上加错。可现实里多少人知道呢，反认作是一种新生活的开张，却不知是退路已断。张书林让这个人走出来，其实是想呈现一种理想图景幻灭之后的绝望。

其实，这世界里，必定有一个异人生活的场景，就像小说中的夜黄城或者王镇。王镇是作为夜黄城的补充而存在的，它构成了异人出离的一个很远的背景，却不是我们大多数人精神上的原乡，是因为甩得很彻底，出离得又很远，迷踪拳一样让别人看不清自己的来路。毛呢男人这样的异人就是这样，模糊了身份，忘记了来路，天南海北都有他的过往，竟不知道哪个是真实的。他和"小裁缝"的爱情——假如不算玷污的话，不过是一时兴起，或者是打发单调的日常。日常的新鲜感过去之后，是要解决细水长流潜在的麻烦的，可这样江湖野惯了的男人，哪里耐得住细水长流这样日常生活的困顿，更关键的是，这样细水长流的日常生活最容易暴露出他厨子的来历。所以他情愿继续解决麻烦——小裁缝的怀孕变得迫切。以为未来可靠的本地土族代表"小裁缝"却不知道危险已经在来的路上，鲜花开满的山坡最后是她的葬身之地。毛呢男人娴熟而脸不红心不跳地掩埋她，是因为他已经有了埋葬的经验。前一个是谁，已经不重要了，这样异人的来历不明将继续混沌下去。张书林冷静地结束了这个故事，却让我心惊肉跳，她该在彼处补一笔：某一年，破案的警察抓住了毛呢男人，被掩埋的"小裁缝"和另一个女子的陈案终于破了。不是公案小说的需要，却是天道好还的需要。

第三层：呈现流动的社会图景

第三次阅读，我惊诧于张书林对整体社会图景细腻呈现的能力。

小说中依序出场的人物，除了"小裁缝"、毛呢男人、蚂蚱先生、罗不不、皮日休、梨花这一干显性人物外，还有何瘸子、珍宝岛、后、木美玉、胡美美等次一等的人物，他们不是背景存在，而是叙事张力需要，或者是整体社会图景呈现的需要。此外，还有金、胡大麻子、王日安、梅三娘、呢呢花、袁老板、廖老二、李离离等人物，他们是当然的夜黄城的背景，是电影镜头里若隐若现和若有若无。小说中，他们有着固定的职业身份，或者是日杂店老板，或者是小店的店员，或者是流浪歌手，或者是烤奶片的小贩，面目清晰。这三种层次的人，构成了小说完整而清晰的社会图景。我分明在这部小说里，看到一幅当代的"流荡上河图"。夜黄城并不清明，它甚至是来历不明的人的天堂，但却是这二三十年间中国乡村人口向城市流动的真实图景的一个窗口。这样数十位人物以夜黄城为中心，牵连出王镇以及雪国世界，都是为了呈现流动的社会图景。连作家自己，也是这图景里的一部分。

这就带出一个问题：作家是站在自己的家国历史或是整个人类历史的高度来观察和认知一切，重视外在的社会层面，还是立足于内在的、感性的、偶然的、个性的东西，重视在历史洪流中的个体身心问题？借用评论家刘剑梅的语言来言说张书林的创作初心，她是希望通过审视这些异人的精神世界，站在整个人类历史的高度来观察和认知一切，即重视外在的社会层面。这种兼而有之或者说两相结合，是《白日梦》"互绑的个人与历史"笔法最有价值的一部分。"只要逻辑不混乱，不彻头彻尾地陷入荒谬之中，就可以扔掉理性主义这块遮羞布。"马尔克斯在《百年孤独》里呈现的拉美文化的集体无意识，或许正是张书林效法的文学经典，她在《白日梦》里呈现的夜黄城和夜黄城里的这些人，正是一种集体无意识在特定历史时段和社会环境里的客观存在。以个人视觉为中心，讲述一段流动的社会史，正是她在《白日梦》里隐形的写作内核。

应该说，要呈现"故事中的来历不明"，这仅仅是张书林这部新锐小说最显形的部分，她做到了；即便是"成为最厉害的作家"这样幽微的内心小世界，她通过这部小说也局部证明了；独独是解构异人的精神世界以及呈现复杂的社会图景，这些隐形的小世界，还需要她的持续发力。《白日梦》里，关于珍宝岛、91的故事，以及他们和龙二爷、马克、四哥彼此纠缠的江湖恩仇，实在是实现这两个隐形世界的最好源头。她只需要打开回忆、拉开线头，在《白日梦》的故事里宕开一笔，新的社会图景下、复杂幽微的异人精神世界，就会扑面而来。

第十六品　蜀书二十四品　冲　淡

素处以默，妙机其微。饮之太和，独鹤与飞。

——司空图《二十四诗品》之二：冲淡

《谁在敲门》，罗伟章著，广西师范大学出版社，2021年版

乡村政治学的细密演绎

——读作家罗伟章的长篇小说《谁在敲门》

中国的乡村治理,在相当长的历史里依靠乡贤和强人,于中可以看到传统的力量及其惯性。这种治理模式的稳定性,不可避免地要依赖强势权力对乡村治理权的主动让渡,当然,还离不开底层世界的蒙昧和顺从。一旦自上而下的规范化治理和自下而上的底层觉醒相结合,乡贤和强人治理便只能土崩瓦解。作家罗伟章的长篇小说《谁在敲门》通过对乡村政治学的细密演绎,再现了强人治理在乡村的瓦解过程,超越事无巨细的乡土叙事而有了宏阔幽深的政治学气象。

小说和学术著作如何互阐?

《谁在敲门》以父亲过生、生病、去世、送葬、祭奠五个告别和怀念的过程为线索,线性铺陈了一个乡村大家庭四代人的所思所想和所作所为。书中人物众多,有名有姓、有头有脸、有故事有语言的人物便接近60个,几乎是平均用力地写法,似乎刻意淡化了读者对主要人物的寻索,而试图通过势均力敌的笔力,展示作品长河叙事的史诗气质。小说尽管以"我"——许春明作为线性叙事的总揽和入口,但实际情节的推动和作品主旨的昭示另有其人。认真分析,我们也不难在这个看起来错综复杂实际上简单清晰的人物谱系中,找到关键或者特别人物,那就是书中的大姐夫李光文,一个呼风唤雨、无所不能的强人能人组合式的村支书,他既是小说场景的中心,也是小说众多人物的轴心,还是浪潮激荡与转折下的时代重心。

应该说,但凡有过乡村生活经验的人,对大姐夫这个特别的人物都会产生一种特别的亲近感和畏惧感。在我的经验里,村支书几乎就是我少年时代能接触到的所谓权力的全部印象,他们在乡村生活中具有举足轻重的地位和影响力。《谁在敲门》选择这样一个特别的人物作为主角之一,当不是写作上的顺势而为或者随波逐流,而是别有命意存焉。在我看来,这是作者试图通过小说回应乡村人物命运往何处去、乡村的未来在哪里这个时代命题,更进一步说,也是在试图回应乡村治理往何处去这一个敏感的时代答卷。

在小说集中关注这个问题的同时,一些学术著作也对中国的乡村治理模式和问题进行了深入的剖析,它们和小说一样,带来的是一个问题的前沿思考和现场调查。由此,我注意到了一个将《谁在敲门》与《小镇喧嚣——一个乡镇政治运作的演绎与阐释》(吴毅著,三联书店,2007年)这本学术著作对读的可能。小说和学术著作相互阐释,互为演绎,说的都是一个主题:乡村政治学。

在这样一组相互阐释的关系里,提出问题的敏锐性、乡村日常生活的深入性以及叙事展开的繁复性和理性反思的复杂性,都体现出了足够强大的张力,也展示了足够完整的过程。大姐夫在小说中的行事风格,在学术著作中被阐释为一种对行政运作的方法:"乡镇干部在日常行政中主要不是依靠行政命令,而只是以行政命令为底色,依靠各种面子和人情资源来推动行政运作。"大姐夫面对自上而下的压力性体制传导而来的行政命令,显示出了高超的私人转化技能,这种技能建立在他熟谙下情或者说吃透下情的基础上。但这种私人转化一旦超出行政命令的范畴,公私的界限就会越来越模糊。大姐夫成于这种能力，也败于这种能力：他因湖底沉尸解决了死亡人数超标的麻烦而得到上级的完全信任，但也因湖底沉尸被新领导抓住了把柄而锒铛入狱；他雇佣灰狗儿解决了很多公私事项，最后也因灰狗儿反水而成为污点证人。他的执行行政命令的方法论，放在学术语境下，就体现为一种乡村权力格局的错置。

看得出，罗伟章对大姐夫这样的权力代表人物的表现及其最终命运既有赞美，也有同情，还有怒其不醒的怜悯。究其实，大姐夫是一个有近谋、无远断，通下情、昧上情的人，他的如鱼得水跳出村级结构再往上时就不免捉襟见肘。也因此，无论是在乡镇政治还是市县政治格局中，他的权威及能量都是有限的，更遑论省级和国家概念上的政治逻辑。另外一方面，他的学识、眼界和气量包括天性中的弱点，也决定了他只能是一个"地头蛇"或者"村老大"。在《小镇喧嚣——一个乡镇政治运作的演绎与阐释》里，学者吴毅对这样的村支书也倾注了极大的热情和精力，在他调查的近50个区、乡镇、村三级体系的干部群众中，村支书就占了7个，他注意到了这种"丛林法则"背景下的村级强权人物身上所具有的"媒"的属性以及"青皮手"的定位，更突出观察这种"青皮手"与所谓的"刁民"在灰色空间里的政治生活日常。大姐夫几乎就是这部以田野调查为主的学术著作中的7个村支书的合体，他代表村级组织和农民在复杂的互动结构中博弈共生，看似处处得利，实则步步惊心。

尽管小说完全消解了这种乡村政治的学理演绎而呈现出戏剧化的一波三折，但线性叙事下的所有剧情背后，无不是对这种乡村政治学的归纳与总结。而《小镇喧嚣——一个乡镇政治运作的演绎与阐释》采用"讲故事"的方式进行叙述，则更希望以接近于小说的可读性来获取读者对乡村政治学的理解和认同。小说与学术著作形成的这种互阐关系，使《谁在敲门》显示出另一种特别的乡村政治学气质，这是我在阅读《谁在敲门》时感受最为强烈的一个点。

乡村何以成为文学的主场？

如果说，《小镇喧嚣——一个乡镇政治运作的演绎与阐释》在21世纪初的被关注，因应了村民自治研究自下而上重新寻找中国政治发展道路的历史机遇，那么，《谁在敲门》在21世纪抵近中叶的过渡期里"一猛子"扎进乡土叙事的巨流河，又是否因应着一种历史机遇？

很显然，这样的机遇正是乡村恒定的变数。《谁在敲门》将乡村作为小说的主场，并非单纯依赖作家的乡村生活经验，也没有过度渲染共同的乡愁记忆中对乡村特殊的感情，而是冷静而理性地看到了这种乡村之变：以张书记挂红灯笼作为一种暗喻，显示强人和乡贤治理向法律规范和道德自治的转型。这是否就是当代乡村治理的一种历史机遇还很难说，但强人和乡贤治理的退出则是毫无悬念。小说中的县委张书记，是一个权力影子，代表着一种自上而下的强大背景和压力型体制；而镇上的韩书记，虽然时隐时现、若有若无，却对村级强人治理拥有足够的颠覆性力量；只有大姐夫代表的村级权力，尽管看上去只手遮天，却早已命悬一线。乡村就这样成为小说演绎的轴心，并由此通过小说演绎"上位"而成为当代文学的主场，这不是作家惯性写作决定了的，而是这个权力运行轴心决定了的，也是这个悲剧性的人物决定了的。罗伟章在大姐夫身上，寄托了一个特殊的使命，就是用他的悲剧命运来解构乡村之变,进而回应乡村治理向何处去这个时代命题。

乡村成为文学的主场,还必然涉及我们对大姐夫这个人物是非善恶的认定上。作为村级事务和家族事务中的能人和强人,大姐夫的形象超越了一般意义上的村干部的脸谱化印象,有着入骨透血的鲜明个性和复杂心理。他既平易近人,也居高临下;既大度豪气,也锱铢必较;既粗枝大叶,也心思缜密;既能高屋建瓴,却也井底窥天。就是这么一个复杂的人物,有人爱,想必也有人恨,爱他的并非他施恩的对象,恨他的也不完全是他薄情寡恩的上下级。反过来,他在行使村级事务中的爱与恨的手段,也为他招致了越来越复杂的爱恨情缘。相信大多数读者在看完《谁在敲门》之后,会和我陷入一个共同的难题,即对大姐夫究竟是好人还是坏人的判断。小说当然不会直接提供这样简单的结论,但读者不难在大姐夫的终结命运里看出作家的情感倾向:对于时代而言,大姐夫是一个落伍的人,尽管无关善恶,但他必须退出;对于村民而言,他的投机取巧以及惟上惟财,都体现为一种失去监督和自我管理的作恶;对于他的家族而言,他居高临下、睥睨众亲的施恩施财都体现为一种以官对民的政治手腕而失去了单纯的亲情概念，也因此显得让人憎恶。由此，他的恶必须在乡村政治中退出，善的力量和观念才可能进入，这其实和城市治理中的是非善恶认定是一个逻辑。

乡村成为文学的主场，最后还必然关系到对一个群体道德行为的细描。小说对特定乡村结构中的群体行为的阴暗面有深刻的揭露，他们无所不在、代代相因的陋习甚至恶习让人目不暇接、触目惊心。作为第一代代表人物的父亲的离场，使小说从作家个人道德立场出发对第一代人物的行为表达失去了言说的可能，也因此，第二代和第三代成为言说甚至批判的核心。小说处理二哥和占惠的偷情极具乡村特色，杀猪一场戏中，二哥为占惠的猪主动加了二十斤的细节，是这种乡村特色奸情的收尾范式；而达友诱惑未成年表妹和四喜的满嘴谎言，则显示了一代不如一代的混乱不堪。仅对第二代和第三代的书写来看，作家对乡村群体道德行为和观念的整体滑坡是感到悲观的，张书记的红灯笼看上去是一个很有价值的时代救赎，但书中没有给出最后的效果评估，它们更像是更高权力机构对乡村治理中存在的诸多问题悬出的一盏盏警示之灯。

小说似乎寄希望于第四代人物对乡村的振兴，但作品并没有对第四代给予必要的道德评价，这也可能预示着一种乡村治理和发展走向的不确定性。事实上，第四代人在面临全面城市化的背景下，他们是否还有心思重返乡村，这本身就是一个最大的未知数。

乡村文明是重生还是消亡？

《谁在敲门》中对乡村文化或者说乡村文明的细腻铺陈，被大多数读者忽略了，或者说被大多数读者作为累赘轻视了。不能不说，这是作为这部史诗气质的小说在公共认知过程中一个最大的遗憾，必须标出并作进一步说明。

事实上，乡村治理相当大一部分依赖于这种特殊的乡村文明，它是维系乡村特定族群关系和强化乡村治理的隐形力量。罗伟章对父亲丧礼上的一应仪轨不厌其烦的书写，尤其是对丧宴、跪仪、哭唱、入土等一流水的细节铺陈，再现了乡村文明中最重要也是濒于消亡的传统仪轨，也是乡村文明"敬鬼神、重阴阳"的生动写照。有评论认为，《谁在敲门》是乡土版的《红楼梦》，或许就因为两部作品都对一场葬礼进行了大张旗鼓、不厌其烦、不吝笔墨的书写。《红楼梦》要通过秦可卿的葬礼，展现贾家烈火烹油、鲜花着锦的巅峰状态；《谁在敲门》要通过父亲的葬礼，展现乡村文明在城市强势文明挤压下的负气争高。在倡导丧事从简的时代大背景下，小说逆向而行，返回到乡村的传统文明现场，备细铺陈一个隆重而热烈的丧礼，让乡村咨客师、厨师、阴阳师等一众乡村传统文明的代言人陆续登场，超长叙事像王家卫电影里的慢镜头，考验着作家的叙事张力和情感自控力，也考验着读者阅读的耐力，更考验的是我们对这种乡村文明在小说叙事中的价值的判断力。

一同被轻视了的，还有地方政府对巴文化的打捞。张书记自上而下的行动，显然依托于自下而上的农业文明或者说乡村文明基础——这是城市发达文明所不具有的或者说稀缺的文明形式，更依托于特殊的地理环境和生态资源。书中所写的大巴山脉、清溪河流域、古代巴人习俗及其非物质文化遗产等等，都是极具代表性的乡村文明范式。在《谁在敲门》的后记里，罗伟章自己也坦言，《谁在敲门》是关于河的文明的书写。在乡村河流污染、断流乃至工业化改造与城镇化侵占的时代背景下,河的文明前景堪忧。书中写到了驻村第一书记对拯救乡村文明的努力,但最终却以失败告终,似乎也在暗示着作家自己对乡村文明是重生还是走向消亡充满了隐忧。先进还是落后,是被城市强势文化消解,还是在乡村觅土重生,他的书写越细腻和越浓烈,这种时代隐忧就越强烈。

再长的小说终要结束,而真实的乡村政治也必然还将继续。《谁在敲门》所担负的时代使命,正在于展现一个特定历史时期、特定地域下的乡村政治运行的"清明上河图",它和对大时代下集体人性的叩问共为这部小说的两翼。放大了看,这个乡村其实也是庞大中国的一个缩影,在强人和能人治理模式消亡之后,新的治理模式即将破门而入。到此,我们似乎不难对"谁在敲门"这个意象做出另一种可能的解读:亲爱的我们,对于一个变革时代的敲门声,你可要听好了!

第十七品 蜀书二十四品 超诣

乱山高木,碧苔芳晖。诵之思之,其声愈希。

——司空图《二十四诗品》之二十一:超诣

《塞影记》,马平著,四川人民出版社,2021年版

探求灵魂的气息

——读作家马平的长篇小说《塞影记》

和《草房山》相比，马平的长篇新作《塞影记》并不以思想见长。甚至，他在刻意回避深刻的主题思想在小说中直接的呈现，他只是固执地奔着一个"好故事"的目标而去。从目前读者的"买账程度"来看，这个讲述了一位108岁的老人在一百多年间的饥饱冷暖、恩怨情仇的故事，读来确实波澜壮阔，立体丰满，引人入胜，余韵绵长。

评论家刘剑梅注意到，在西方的文学传统中，一类以"思考"为题材和中心的小说，是一个独特的存在。米兰·昆德拉在《小说的艺术》中，谈到了游戏、梦、思想和时间四种召唤，而思想的召唤，恰好是此类小说的独特魅力所在。他们或许有心将此类小说的阅读对象，锁定为那些善于思考的智慧型读者，而不是普通的追求故事情节的读者。马平近十年间的小说写作，尽管高度依赖和尊重川北乡村这块成长的母地，但并不妨碍他注意到西方小说的这种传统，并在自己的小说写作中袭用之。《草房山》《高腔》《我在夜里说话我看日出的地方》等长篇和中篇作品，都有这种"思想召唤"的痕迹。

《塞影记》的写作和出版，被马平寄予厚望，植入了他对小说人物、故事情节、语言、结构等传统技巧表达的思考和理想追求，更植入了他对小说"思想化"架构的成熟主张。毫无疑问，《塞影记》在他的小说大系里，是一个里程碑式的作品，是一个高度融合了个人旨趣和读者期待以及艺术主张的长篇力作。它的思想召唤主张和传统技巧表达形成的效果与影响，使得马平有望凭借《塞影记》，跻身国内一流小说家之列。

人物：雷高汉文学形象的成立

《塞影记》的成功之处，在于它成功塑造了一个立体丰满的人物：长寿者雷高汉。

在当代文学谱系里，这样一个饱经风霜的苦命幸存者形象，并不稀少。但他的非典型性恰好在于，他并不以"祥林嫂"这样的自怨自艾者存在，也不以"隋不召"（张炜《古船》中的人物）的偏执而苟活，更不以"福贵"这样的被凌辱者而挣扎求存。他虽然卑微，但是勇敢；虽然低贱，但是坚韧；虽然没有文化，但是深明大义；虽然频频遭遇磨难，但是天性乐观积极；他虽然并不睿智，但是懂得大是大非；他有很多残缺，却也呈现出了很多天性的完美；他是被命运捉弄的人，却也常常得到善意的眷顾。他一生都没有走出鸿祯塞的影子，这个听上去有大大吉祥的塞子，其实并没有给他带来大大的吉祥，反而是命运里接踵而至的无妄之灾，就连和梅云娥的春风一度，也隐伏着绵绵不绝的劫波。

就是这么一个人物，顽强地活了一个世纪。他在他的玻璃房子里，冷静地观察并且安然接受鸿祯塞周边的世界离他越来越远。他在板荡时局下遗忘了时间和生命界限，时间的召唤在他这里失去了力量。他是山中大木，不才得以终其年。所以，他的长寿，是累积了那些早早离开他的亲人们的福报。一台人生大戏上演，他连戏子都不能算，顶多只能是一个吼班，唱念独白，都轮不到他，掌声都是献给梅云娥这样的主角的，但是，他在鸿祯塞里演出的恩深义重，却比哪一个主角都精彩动人。

雷高汉的身上,有浓厚的旧时代影响,但这并不妨碍他在新社会完成对自我及其观念的改造甚至进步追求。出于一种解密动机的学习认字,是小说里塑造人物形象需要而架设的一个动人的部分,这个拼图式的学习过程,既帮助雷高汉完成了与自身命运关联的秘密探索,也完成了一个进步追求者的人物形象塑造。到县城寻女,则是小说架设的第二个动人的部分,他看着女儿渐行渐远,直到完全退出自己的世界,他没有不甘,也没有抱怨,而是选择沉默接受。

雷高汉命运的传奇性,人物气质的独立性和人物形象塑造的排他性,使他作为一个标准意义上的文学形象,得以在当代小说人物形象中脱颖而出,也让他有了跻身当代小说主流人物大系的可能。因为这个特殊文学形象的成立,《塞影记》也因此可以进入当代一流小说阵营。

情节:展现传奇命运的动人过程

王安忆在她的复旦写作课里,特别讲到小说的情节。她举西方的推理小说为例,"因为推理小说重的情节是主体性的,情节的作用在这里表现得格外纯粹,目的明确,就是破案,手段则是过程,用于检验情节的运用比较方便"。

按照王安忆对小说情节的理解,《塞影记》的故事情节在小说中的作用,也异常明确,就是要展现雷高汉传奇命运的动人过程——在一百余年的生命历程里,他怎样进入鸿祯塞做长工,怎样拯救梅云娥,怎样认字解密,怎样寻找女儿,怎样交代毕生经历。这样的情节展示过程,并不烧脑,也并不复杂萦回,但实在可以称得上是精妙和精彩,意料之外,却也在情理之中,因为人物天性里缺少离经叛道的部分,所以,所有的情节都在可控的范围内。但即便是如此,这些情节的一一展开,依然有足够的阅读吸附力,对于阅读体验而言,结果似乎早已经不重要,终点布置的,是雷高汉平淡地离开,连他的外孙女都没能见上一面。对他而言,不曾得到,也就意味着并未失去,这是"最好的告别"。到了此时,读者才会赫然发现,这传奇命运竟然终了,多少有些不舍。情节的使命到此完成,小说家功成身退。

但《塞影记》里的情节，并非一水顺流的，也有马平匠心设置的曲折波澜。他需要制造新的条件，使情节得以推动。翠香的死亡和虞婉芬的死亡，都可以视为马平在情节架构上的绝处逢生。因着这两个死亡的特殊性，雷高汉的传奇命运才有了逐渐堆垛起来的高度，并且可以屹立不倒。基础牢靠了，方避免了人物形象的地动山摇。但这还在情节的三分之二阶段，雷高汉要如何面对失去爱人、失去女儿的后半生，这似乎也在情节设置的要害之处，但是呢，这尽可以在读者的想象里完成。相较于前半段的传奇，这样的后半生，可以说得上平淡。不是篇幅不允许，而是马平有自己的取舍，或者说小说情节自己帮助自己完成了取舍。所以要插进来"我"对雷高汉的采访，用以缓冲那三分之二情节的急鼓繁弦，同时，也完成剩下三分之一的情节交代，这是《塞影记》情节设置上的高明之处。雷高汉的命运交代，作为启笔，帮助情节开展，但绝不干涉情节自己的发展方向，纪实与虚构的命运，"我"自有判别。作家听别人讲故事的经历多了，也因此有了丰富的锻炼，一条主线下来，荡气回肠，就这四个字，便知道情节圆满而完美了。

马平的本事在于，他赶走了那些看起来雅致的结构，让粗糙、强悍、活力充沛而且源源不断的现实生活去干预情节的走向，并在苍凉厚重的传奇命运里，留一点人性的温暖与眷顾，减少小说的残酷度，让情节在读者接受的范围内，不致为了追求传奇而脱了逻辑与常识的轨道。

语言：磨心与炼字的双重作用

和马平以往的任何一篇小说相比，《塞影记》都显示出了一种与众不同的气质，那就是行文的持重，它体现为情绪的稳重和练字的克制。如果用画画的技法来阐释，《塞影记》大体是水墨白描的。尽管从中可以看出轻笔与重笔，但主观上的色彩叠加并没有出现。在视角上，体现为一种黑白的默片，但力量都在黑白里，也在沉默里。脱却了炫技，还有小小的骄矜，《塞影记》的文字似是水洗一般的干净出尘，赘笔也绝少看到，连情绪都是克制了的。

就像雷高汉从不叫苦喊痛一样，马平在小说里绝不庸俗地贩卖苦情和悲剧，甚至在悲苦里，不断加蜜掺糖，或者用幽默消解。围绕在雷高汉身边的众多人物，除了少数的反面，大多数都被马平驯服成磨心人，被命运推着走的同时，还能保持一点清醒，看得到行进的方向。人物的磨心，其实就是作家自己的磨心，我觉得《塞影记》体现出来的稳重、庄重和持重，可能极大地融进了马平自己对生命的理解，对生死荣辱的理解和对世态人情的理解。

　　《塞影记》的语言，主要脱胎于川北乡村，但又融进了时代的主流语境。所以，我们分明能看出作品语言明显的地域属性，但是，似乎又不止于此。"藏头诗"这样的语言设计，多少有些传统意味，这传统里的语言，却有时代的共通之处。虞婉芬在临死前擦掉包志卓写在岩石上的语言，也是有时代的代表性的，尽管，它从藏头诗变成了标语和口号。这种语言，经过马平的锤炼，饱含了一种隐喻色彩。擦掉意味着保全，而存在，反昭示着危机。这样看起来，虔心学认字的雷高汉，反不如目不识丁好。正如鸿祯塞并不意味着大大的吉祥一样，"认得几个字"并不代表着可以被保全，这两组反讽，都和语言相关。

　　为每一个人物匹配合适的语言系统，这是马平在《塞影记》里的又一硬功夫。除了雷高汉这一条主线外，我还特别看重柳鸣凤这样一个人物，她的语言系统里，有村妇的直截了当和俚俗，却也有个性里的智慧和机巧。"她是一家，我是一户。大路朝天，各走一边！"埋了多少婉致的情绪，也只有雷高汉才懂得，却是柳鸣凤该有的表达。彼一处，罗红玉斤斤于雷高汉欠她的三个馒头，不是提醒债务的存在，其实更像是提醒她予他的良善，所以"你这辈子，欠我三个馒头了"这样的语言，活化了罗红玉的感情。

语言磨炼到这个程度，小说也就充满了活力。特别值得一提的是，晚年雷高汉的语言，结合了长者和智者的双重内涵，马平在一个人物上的多重语言设计，看起来并非是多余，而是随形换势的必以其然。在听到女儿金海棠去世的消息后，雷高汉参禅一般说出了这样一句话："我一再被冷落，又一再被关照。"多少生命体会在其中啊。

结构：戏剧意象的精妙串联

最后还是要来讲讲《塞影记》的精妙结构。

熟悉马平作品的读者都会注意到，他对戏剧尤其是川剧的运用，时常是信手拈来，大增阅读的妙趣。典型的作品如《高腔》，直接用川剧知识来命名。如果把鸿祯塞的百年历史以及人物命运的起伏流变比喻成一台大戏的话，那么，戏剧理论和戏剧知识就无疑是小说中具有桥梁作用的结构要件。

《塞影记》里，川剧唱词看似无关紧要的闲笔，实际承担了情节推动和感情展开的关键作用。一部小说在情节上的起承转合，必然因应着结构上的辗转腾挪。川剧的唱白里，隐含着人物命运；而吼班呢，正是小说里堆垛主要人物上到高处的人物基础，或者是时代背景；两者缺一不可，又相互成全。此外，一场戏，哪里少得了舞台下的观众，所以说，众生皆戏子，川戏在《塞影记》里，实实在在担负了结构的作用。戏里戏外，苦戏甜演，一个转身，一段传奇，谢幕了，雷高汉还在舞台的影子里，走不出来。

戏剧承担着结构作用之外，还承担着思想的隐喻功能。如果说《高腔》的戏剧桥梁作用是明白晓畅的，那么在《塞影记》里，戏剧在结构上的桥梁作用则是暗藏着的。"戏台"在小说的第四章，正是承上启下的关键位置，而尾章的"暗红皮箱"，不正是小旦角色的梅云娥人生如戏的余音？此外，"玻璃屋""暗道""喜鹊窝"和后面诸章的内部组织构造和外在表现形态之间，无一不在和戏剧发生关系。以马平对戏剧的热爱以及家庭实践，他此一番在《塞影记》里安排川戏为结构服务，可为小说臻于妙境提供了一个好的意象。

最后我们必然面临一个问题，《塞影记》的思想深刻性究竟在何处？马平突出了情节的重要性，而摆脱了思想主题的束缚。他把思想主题深藏于心，用一个长寿者的传奇一生，探求人的价值、人活着的意义和灵魂的气息，这正是他迂回主题与呈现思想的高妙之处。至于读者能否寻索得到，这当然不在他的考虑之中。传奇大幕落下，鸿祯塞的重重迷影里，的确需要共鸣者，才能懂得舞台上人的无奈、悲凉与孤独。

第十八品 蜀书二十四品 纤秾

碧桃满树,风日水滨。柳荫路曲,流莺比邻。

——司空图《二十四诗品》之三:纤秾

《小日子茶》,唐丽娟著,成都时代出版社,2021年版

茶人与察人的能量场

——读茶人唐丽娟的《小日子茶》

读这本《小日子茶》,就像品一杯茉莉花茶,文字意思虽然极淡,但情感的芬芳却热情醇厚、余味绵长,让人生出齿颊留香的欣悦。

我和作者唐丽娟女士真正认识的时间并不长,但知道这个著名茶人的历史却可以倒推到五六年以前。茶这样一个美好的纽带,总是很容易把不同的人带进一个相同的时空里,然后融合、再细分,有的相见恨晚,有的淡淡如水,还有一部分,让人产生亲近的欲望。这欲望,却不是狎义的,只是因为她在茶的天性里,浸染了一种润泽众生的庄重和优雅,使你对她的能量场充满了无限的好奇和向往。

这就是我在这本书里读出的关键词:能量场。好的茶人都具备一种非常奇特而强大的能量场,这倒不单纯是说外貌——尽管一个人的外貌也会传递一些信息，但更准确地说是天性：往深里说，他们气象广大、吐纳万端，具有佛家禅门的慈悲心怀；往浅处讲，士农工商、贩夫走卒，他们都能广泛接纳、酬酢应对，具有儒家兼济天下的宽阔胸襟；还有一点，他们也要讲自我的修为，在天地自然里吸取茶气的营养，然后在待人接物里悟道，茶与水都成了观世察人的道具，所以也可以说他们还兼有道家道法自然的智慧。

在我接触的女茶人里，唐丽娟是我感觉能量场最大的一位。这不单是茶江湖里那些传言，更多来自于我的亲眼所见。她以锦里西路一个不足百平方米的"燕露春"茶室为中心，庄诚敬敏，交游天下。平常三五朋友，约到燕露春谈事，事毕买单，天经地义。但唐丽娟却认为这不过是茶室的待客之道，岂有收费之理。我至今还记得有一次我在这里采访作家张建老师，在茶室反复明确了两次不收钱之后的惊讶：这和其他茶室太不一样了。茶室日常的普通流水是维持小日子的基础，她把这流水倒掉，需要多强大的能量场才能撑持？这是一个谜，只能交给时间去揭底。

她强大的能量场还体现在她能记住所有朋友的

爱好。随着交往日深，我们渐渐成了朋友。她知道我业余研究钱锺书，想方设法在宁波藏家手上要到了《堠山钱氏丹桂堂家谱》影印本，并复制装订成册赠送于我，以此为材料，我写成了《钱氏家谱中的钱锺书》一文，发在2020年9月23日的《华西都市报》上。作家张花氏写作《东坡茶》，四处寻求关于茶的文献史料，唐丽娟收藏了一份关于松竹茶山的找契，其中涉及高广坑山一块等有价值的茶史信息，她也及时分享给张花氏。如此种种，足见她用心用情之细腻，而此种善德之事，大约都是为茶的良好风教影响所熏习。这让我想到，一个茶人，如果一心只落到挣钱这个小点子上，那么，她的能量场也就只能局限在利益两个字上了。孰大孰小，大智慧如唐丽娟，她是看得清楚的。

一种茶有一种茶的能量场，而一个茶人也有自己独特的能量场。唐丽娟的能量场，有茶赋予的，也有这个时代和这个社会赋予的，更多的，是人赋予的。茶室是一个巨大的能量场，它每天迎来送往，吐纳消耗，和各种各样的人厮磨，岂能少得了度化一切的菩萨心肠。《小日子茶》的魅力，就在于它以强大的能量场，吞吐了二十多年来进出于此的一切文明高雅与奇情怪状。燕露春与唐丽娟的合为一体，或者说《小日子茶》与唐丽娟的合为一体，使她不仅与作家、与诗人、与商人可以相与论道，也可以使她与妄人、狂人、俗人、憨人相与喝茶。茶的无阶级，就是唐丽娟与燕露春的无阶级。再进一步说，即便茶有品级，但唐丽娟与燕露春对茶客是没有品级之分的，这就看出了她能量场的非同一般。

茶人的身份，让唐丽娟慢慢生成了一种强大的观世察人的能量场。所以，成都土著以及移民成都二十年以上的人更容易在她的这本《小日子茶》里找到很多灵魂共振的密语，那是老成都"啖三花"的况味，到死都忘不了的。而作为蓉漂群体中最独特的少数派，我们俗称的"老外"，也能在这本《小日子茶》里找到他们迷恋的东方风情与中国味道，以此，唐丽娟和他们成了朋友，并把他们随她走进中国的山河岁月里寻茶的故事写进了书里。唐丽娟的观世察人，通过茶，实现了东西方的交流与沟通。茶在历史上的贡献，始终要靠人在未来的时空里接续。所以说，茶是国家与国家友谊的使者，而茶人，当然应该成为东西文化相互交流融合的桥梁。这样的能量场,也当然不是一般茶人所能具有的。

我相信,未来的茶日子里,唐丽娟还会和更多的人相遇。等待,本身就是一种茶性。如她所言,以茶为媒,等待认识更多的人,也应该是她天性里的一部分。她以茶人之身察人,却并不轻易流露她的喜恶爱憎,当也是她能量场的一部分。其实,在我看来,这本《小日子茶》里,最不该缺少的就是写她通过茶认识的各种奇人、异人、怪人、神人、妄人,他们和茶的故事,他们对茶的感情,以及他们和茶人之间或深或浅的交往,都应该是《小日子茶》中的故事。我期待唐丽娟以茶人身份所写的下一本书里,呈现出这样的故事。

《小日子茶》并不可能成为关于茶的圣经,对于一个茶人而言,这只是她以茶人身份观世察人的一点感悟。但足够开放,足够真诚。说它是常识的普及却又太浅了,常识在茶桌上即已耳濡目染,哪里需要在文本上再来叨叨;说是她关于做茶人的心得,倒确实恰如其分,毕竟融进了她自己二十余年的身心。所以,看得到她在不断接纳,接纳花茶、接纳红茶,她甚至承认自己有偏见和固执,是茶让她变得更柔软,更具包容性。做人六分、茶两分、水两分,她人做到这个份上,茶就差不了。

我更喜欢《小日子茶》中最后一章,是为"锦灰堆",用王世襄老先生的意思,记录她关于茶的微语,真诚,细腻,充满侠义,更有挑战传统的勇气。有些话,属于常人看破不说破的,在她,却是作为茶人观世察人之后不得不说的箴言:"为什么大师们从箱子里拿出来的都是顶级好茶?我说:那不是茶,是饵。"

真是一语道着,石破天惊。

第十九品 蜀书二十四品 雄 浑

大用外腓，真体内充。返虚入浑，积健为雄。

——司空图《二十四诗品》之一：雄浑

《蜀人记——当代四川奇人录》，蒋蓝著，四川人民出版社，2021年版

道可致而不可以求

——读蒋蓝《蜀人记——当代四川奇人录》

作家蒋蓝的《蜀人记——当代四川奇人录》（简称《蜀人记》）通过深度介入、还原和揭示13位当代蜀人的精神世界，"彰显了一种超越名利，尽一人之力与命运掰手腕、呵护生命的挚爱与尊严"，完全可以成为当代蜀人精神的最新注解，成为当之无愧的"为当代蜀人找魂"的代表之作。

《蜀人记》的写作，综合调度了散文、随笔和思想断片等非虚构笔法，又率先呈现出了难能可贵的宗教维度，冲破和超越了蒋蓝既往的写作范式，因此，论者在言说和批评这个特殊的文本时有不小的难度。刘再复和林岗在《罪与文学》中提出"现代文学缺乏对个体生命和个体灵魂的叩问"，原因是"中国文化本身缺乏灵魂叩问的资源"。批评家刘剑梅则干脆如此直言："中国现当代文学中，以宗教维度为最弱。"鉴于《蜀人记》鲜明的灵魂书写特点，为此，从宗教的维度，观察和思考《蜀人记》在大散文写作中呈现出来的难能可贵的"灵魂的叩问"，不失为一种评论的路径。

三种叙事的糅合与进阶

毫无疑问，《蜀人记》中的13篇作品都打下了深刻的、原初的新闻叙事基因，这当然和蒋蓝作为一家党报首席记者的身份以及承担大量人物采访和写作的任务紧密相关，事实上，这正是他文学叙事赖以强悍展开的不竭之源。鉴于当代文学叙事的诸多经典著作或多或少都以新闻叙事为源头的事实，比如王安忆的长篇写作《长恨歌》以及《匿名》都来源于一则很短的社会新闻，我们首先得肯定《蜀人记》的诞生与新闻叙事之间存在的这种互嵌关系，然后再找寻蒋蓝在这种互嵌关系基础上向文学叙事以及终极哲学叙事或者说思想叙事的进阶方法，或许才可以破解《蜀人记》在大散文写作上与众不同的密语。

按照新闻叙事的惯有路径，蒋蓝获得接触和采访13位当代四川奇人的机会并不复杂,也似乎并不困难:报社的新闻线索、朋友的推荐、蒋蓝自己的发现并及时的报题。在党报严密而且工序规整的流水线引导下,一切新闻叙事的开始和结果都在掌握之中。困难恰好在于,他如何在看似平淡无奇的线索里发现人物灵魂的闪光点,并完成对采访对象的灵魂叩问。首席记者的火眼金睛?老江湖的沙里披金?还是熟于人情世故的棋高一着?既是,又不完全是。我想,作为作家的蒋蓝,在获得人物线索之后的精神预判,一定是超越了作为记者的蒋蓝的。

但我并不否认,蒋蓝原初的写作仍然有"完成新闻采访任务"的基础动因,当一篇新闻叙事完成了从采访本或者录音笔到报纸或者新媒体的融合报道之路,蒋蓝的任务或许就结束了。毕竟,大千世界,新闻易碎,人物易忘。然而,作为作家的蒋蓝,在完成了新闻叙事之后,对他接触到的这13位人物生发出强烈的文学叙事的冲动,由是,记者退位、作家上场,他在新闻叙事结束之后,果断地开启了他的文学叙事。这其中,"奇人"的经历之奇、命运之奇、行止之奇、语言之奇以及个性之奇,尤其是思想之奇,给予了他强烈的文学叙事暗示，或者说丰厚的馈赠，帮助他完成了从新闻叙事到文学叙事的进阶。

如果有意，我们大体可以在蒋蓝供职的党报电子版里，检索到13位人物在新闻叙事中的原初面貌。和《蜀人记》以出版物的形态呈现出来的面貌相比，新闻叙事的易碎变得有质地。从新闻叙事到文学叙事，脱却单纯的文字加工，有蒋蓝多次的文学重返和文学对话。人物的纸上命运，也完成了由新闻纸到文学刊物的转型与跃升。13位人物的文学叙事，大多在《人民文学》《作家》等文学刊物上发表，但这仍然不是他们终极的命运。蒋蓝的灵魂采访和灵魂对话，以及随着人物命运自身的尘世演进，在采访者和被采访者之间不断激发出来的灵魂共振，需要得到更匹配更稳妥和更高级的安置。作为思想者的蒋蓝，开始在作家蒋蓝的文学叙事上，审视哲学叙事或者说思想叙事的可能性。事实上，他在开始原初的新闻叙事时，就已经密置了自己哲学叙事的企图，并在不经意间和被采访者完成了这个企图的合谋。

在《蜀人记》中，我们很容易看到这种"合谋"的细节，或者说，这种作者和被写作者情感互动的细节。一方面，是"投之以桃报之以李"或者说"人敬我一尺我敬人一丈"的古典传统在发挥作用，蒋蓝对所有被采访者的"仰望"，非是采访者作为迷弟的"盲目崇拜"，而是对思想境界高企者的服帖和敬仰。以蒋蓝的思想成熟度以及其所站"知人论世"的学理高度，他并不需要虚假的逢迎作为意外回报的筹码，他灵魂交予式的服帖与敬仰，和被采访者之间所产生的思想共鸣，早就超越了记者和被新闻对象的关系，而上升为思想者交互对话的关系。

多年前，我在起草四川散文年度报告时曾提出过一个命题，即散文写作的哲学化。在我的构思里，这种哲学化方向不单纯是周国平似的纯哲学写作，而是在散文内自然地融入自己的哲学思考，禅悟可以，道德思考也可以，靠近基督教也可以，甚至，灵魂的叩问和救赎都可以。但或许缘于对某种意识形态的敬畏，当代散文写作很难呈现出纯粹的哲学化倾向。蒋蓝在《蜀人记》中，在完成了新闻叙事与文学叙事的糅合后，又率先完成了哲学叙事或者说思想叙事的进阶，这就使得《蜀人记》有了成为大散文写作哲学化倾向或者说思想倾向典型文本的某种可能。在《何夕瑞：斫琴记》《赖雨：雨夜白鸽记》《何洁：青峰山记》诸篇里，都有着这种哲学化或者说思想化倾向。

以上是我们解读《蜀人记》的文本逻辑。

两种精神的揭橥与强化

那么，我们必然要面临一个核心问题的叩问，即《蜀人记》从新闻叙事向文学叙事并最终向哲学叙事的终极进阶，究竟意图何在？或者说，蒋蓝将13位人物从新闻纸向文学刊物并最终向出版物的安置，究竟要完成一个怎样的使命？

不要忘了书封上除了"当代四川奇人录"这个副书名，还有另外一个提示：纵目之光，续接蜀人精气神。我认为，这正是本书的书眼所在。如果说，三星堆出土的纵目之神，言说的是从上古到近代的蜀人精神，那么纵目之神之后，当代蜀人的精神，究竟需要在哪里去寻找？很显然，历史与文献只能是参考，续接的当代蜀人精神，只有在当代蜀人中去仔细打捞。大人物或者名人固然存在着一定的打捞价值，但小人物的尘土与烟火气息，或许更有打捞价值。蒋蓝出身市井，深谙这种打捞的逻辑。就像长期行走于田野之间的捕鱼者，只需要打量一眼水田，就可以知道是否有鱼虾蟹龟的收获。城市化或者工业化驯服后的河滩地，只能寄养娇生惯养或者气息奄奄、毒化或者异化的观赏型水产，远不能用生猛或者生龙活虎形容之，至于营养，则就根本谈不上。

读完《蜀人记》，我认真做了一个人物谱，将书中13位人物的名字、职业身份或者特征，尤其是其精神世界，进行了详细的梳理：陈望慧的执着、硬核以及基于让村民共同富裕的爱意，何夕瑞对斫琴的热爱、敬畏与一丝不苟，赖雨对和她一样的弱者的爱以及作为诗人的天性的孤独，冯春对长漂的执念以及基于这种执念之上的国家荣誉，高叔先作为萤火虫的养护人和守护者对大自然的爱护，李西闽作为一个新蜀人对蜀人的爱与回报，何洁作为一个佛教徒的慈悲、宽容，龙志成作为一个当代铸剑师的执着，龚氏对圆扇技艺的勤奋、精细与爱，何玉涛以一个当代孝子所诠释的善良、孝道以及爱与责任感，罗成基作为一个师者的爱与责任，陈子庄的刚毅、圆融、智慧与超脱的爱，聂正远作为红军墓守护人的爱与责任。将他们的精神与性格合并同类项之后，我惊奇地发现，爱与责任，是两个高频度出现的词。我似乎从蒋蓝糅合了新闻叙事、文学叙事与哲学叙事的写作中，发现了他的企图，破译了他的密语：所谓纵目之光的接续，不外是爱与责任两种精神的揭橥和强化。

正如"安逸和巴适"早就不能代表当代蜀人的精神世界一样，"乐观包容""友善公益"也只是当代天府文化、蜀人态度的一部分。爱与责任作为一种很具有代表性的当代蜀人精神，正是温暖美学的生动体现。这一点，倒是与评论家敬文东在本书的序言里所表达的不谋而合：唯有有温度的讲述方式才能更好地让读者心动。现在，我们似乎可以说，蒋蓝在《蜀人记》中呈现出来的温暖美学，正是他对爱与责任两种精神的揭橥和强化。

这是我们解读《蜀人记》的思想逻辑。

一个价值的接通与高扬

何平先生在《散文说》（江苏文艺出版社，2013年）里，提出了一个具有思辨性的文学命题：散文应该不应该有其接通普通人性和人类普世价值的通道？散文应该不应该有自己的核心价值？

我觉得，现在是到了该对这两个问题进行系统回答的时候了。当然，不可避免地，或者说，当仁不让地，我们还是需要依赖文学的方式做出回答。现在，我依赖的正是《蜀人记》作为文学样本的价值逻辑。

用蒋蓝自己的话来讲："留在我身心的伤痛与惊骇，应该就是思想的面目。现在，山巅上的白云突然溢出了墨汁，我确信，它就是思想的再一次君临。"不要忽略了这样的修辞暗示，他是在浅表层的人物经历叙事里，精心布置深层次的、接通人性和人类普世价值的通道。近而言之，爱与责任的当代四川奇人精神，接通了成为当代蜀人共有的群体精神的通道；远而言之，鉴于13位四川奇人的广泛代表性，当代蜀人共有的群体精神，极有成为当代中国人共有的群体精神的价值；推而广之，爱与责任，正是经过淬炼与磨砺的当代中国人精神向人类普世价值的一个文化贡献。《蜀人记》所承担的文学使命，深意正在于此。

到此，我再一次注意到，这13位四川奇人生命存在或者凋谢的背后，深刻缠绕着的"国家""民族"等大词和伟词概念，这远远不是用来仰望的，而是出于灵魂叩问意义上的真诚。对散文而言，真诚已经是最高标准的价值逻辑。蒋蓝用真诚托起的文学样本的价值逻辑，就此通过《蜀人记》这个文本，得到了牢靠的巩固。从普通人性向普世价值的接通，这是《蜀人记》作为散文样本的价值逻辑。

我相信，未来还将有更多的散文样本，要以"爱与责任"作为关键词，接通普通人性和人类普世价值。《蜀人记》作为先行者，通过"自我的完善"，照彻了灵魂叩问之旅的过去与未来，一个"摩肩接踵"的当代文学书写场景已经豁然开朗，"道可致而不可求"的奥义到此不言自明。

第二十品 蜀书二十四品 精　神

青春鹦鹉，杨柳池台。碧山人来，清酒满杯。

——司空图《二十四诗品》之十三：精神

《惊蛰》，杜阳林著，浙江文艺出版社，2021年版

与《在人间》的苦难叙事互阐
——读作家杜阳林的长篇小说《惊蛰》

如果我们有心对当代文学的苦难叙事进行一番考察,会发现一个有趣的现象:尽管这个时代的大多数读者已选择性回避甚至抵触苦难阅读,但作家仍然层出不穷地进入苦难叙事这个永恒的文学主题。他们的命意很明显,不在于煽情和渲染苦难,只在于通过文学的方式铭记与反思苦难。

杜阳林长篇小说《惊蛰》,以川北农村少年凌云青的成长史为主线,以"密不透风"的苦难叙事和随处可见的年代记忆,细腻呈现了20世纪70年代末期到80年代早期这近十年间,中国农村大地苦难下的人物群像和时代演变,在当代文学的苦难叙事中可谓一枝独秀。

鉴于《惊蛰》投射了作家个人的成长经历,以及它选取的主要人物的典型性和叙述历史时段的代表性，我隐约觉得，《惊蛰》和苏联作家高尔基的代表作《在人间》存在一种非常明显的互阐关系：在对苦难的态度以及对苦难的救赎上，少年凌云青的精神面貌和少年阿廖沙的精神特质具有某种耦合性。甚至在叙事上，两个文本也有诸多跨越时空的暗通之处：当凌云青在火车上告别家乡奔向他的大学的时候，少年阿廖沙也告别家乡，怀着上大学的愿望而奔向喀山。不屈与抗争，两个少年身上所共有的精神力量，让超越苦难成为两个文本共同的文学命意。

我这么比，并非刻意抬高《惊蛰》的文学价值和地位，而是它客观上所具有的新时期苦难叙事代表作的气质，会对偶然性接近和目的性阅读的作者同龄人乃至"凌云青式"的同龄人，产生某种影响深远的精神共鸣和灵魂共振。《惊蛰》在苦难叙事上的时空穿透力，让它当之无愧地成为一部具有典型意义的文学作品。《惊蛰》的苦难叙事，是一次对《在人间》直面苦难的一次致敬。如此，建立在苦难叙事基础上的两部文学作品方才有了互阐的可能。

大地上的事：对苦难的接受

应该说，无论是少年凌云青还是少年阿廖沙，对苦难都还难以建立起深刻的哲学思考，作家不能在作品里"越俎代庖"，帮小说主角建立起这种哲学思考。苦难是人存在着的本质困境，具有"深刻的悲剧精神"。这种悲剧，并不因环境使然，也不因人的出身差异有别，它是与生俱来的必然遭遇。叔本华说："人生是在痛苦和无聊之间像钟摆一样地来回摆动着。"在思想的深刻性还没形成之前，两个少年倒应该庆幸他们的年纪轻轻，因为，这种精神上的苦难领教，比起肉体上的苦难领受，确乎要痛苦得多。因此，他们和大多数人一样，对大地苦难并没有抱怨，而是坦然接受。

《惊蛰》的苦难叙事不是单纯的，显然带有复杂的对创作背景和时代特性的投射。而《在人间》也是高尔基对生活本质的一种呈现，他创作的背景必然来自于他熟悉的故土。《惊蛰》中的大地环境，设定为川北阆南县一个世代耕种的贫困乡村，这里的大多数农民生活在封闭而狭隘、贫穷而自私的环境里。出于对杜阳林个人经历的了解，我们也不难解析出现实的阆中市和南部县这两个名字熟悉但了解并不深刻的地方。我所在的家乡西充县与这两个市县属于同一统辖地区，又是近邻关系，我完全能够感同身受《惊蛰》中的苦难环境和世代习俗。比如，小说中常常出现的吃红苕稀饭的场景，即是这片大地上真实而深刻的记忆。在今天看来，红苕稀饭作为一种忆苦思甜的代言，在大鱼大肉的主流生活环境里，大有小清新受欢迎的地位。但是，在我和"凌云青"看来，这完全就是大地苦难刻骨铭心的一部分。以此考察20世纪70年代末期的中国农村，《惊蛰》呈现的虽然是川北农村的一段时代面貌，但也是那个时代中国所有农村大地苦难的整体面貌。从这个意义上来讲，《惊蛰》里的苦难环境，虽然是一种个体性的文学表达，但却具有文学整体性的意义。

《在人间》的苦难叙事也突出地展现了这种个体性向整体性的转变。小说描写了19世纪70年代俄国下层社会的生活面貌，和《惊蛰》的叙事时间线整整相差了一个世纪，新旧两个社会的特征异常明显。《惊蛰》里凌云青的环境尽管是在新社会，但大地苦难在本质上和阿廖沙感受到的没有什么两样：底层普通人的生活充满艰辛，看不到什么希望和前景。

此外，它们还有一个共同之处，除了呈现苦难，《在人间》还要解构俄国工业资本主义成长引起的小资产阶级手工业瓦解的过程，《惊蛰》还要解构中国改革开放引发沉睡的乡村融向城市和大量农民自由迁徙和就业的过程。觉醒初起，正是"惊蛰"之喻。两个小说文本都承担了投射时代于展示创作背景的重大使命，苦难叙事在这里，成为一种文学手段，而不是文学目的。这是对两个文本进行比较研究的过程中获得的一项有趣的收获，即通过苦难叙事，考察小说里潜在的各种思想意识痕迹，《在人间》有"在人间"的民族隐喻，《惊蛰》有"惊蛰"的民族隐喻，跨越世纪，两个文本完成了一次互阐。

一场葬礼：对苦难的告别

对一场葬礼的叙述巧合中也可以窥见一种文本互阐范式。

《惊蛰》开篇安排了凌云青父亲的葬礼，并通过这场葬礼，呈现观龙村的社会环境和人际面貌，当然，更为重要的是，全面深刻地呈现凌云青家的生存困扰。在男权主导的乡村社会，壮年凌父的死亡，对一个人口众多的家庭意味着什么？逐渐逼近的生存残酷性不言而喻。一场葬礼，让这种生存困扰生动凌厉地展现了出来。父亲的死亡，意味着凌家苦难的开始，也意味着凌云青苦难的开始。相对于大地苦难，这种基于乡村宗法和权力伦理的苦难，有原始、兽性的一面，其力量之宏巨，更让人难以撼动。本为凌家抱养长大的陈金柱，对凌家积蓄已久的仇恨让他按捺不住地施展了他对凌云青的暴力，并纵容家庭对凌家施予暴力，一场因烤火引发的暴力，正是葬礼苦难的延后反应。杜阳林如此露骨地呈现这种以强凌弱的苦难，目的在于通过苦难的叙事呈现人性的复杂性。

如果说饥饿和贫困是凌云青身上担负的第一重苦难，那么，人为的仇恨、暴力和欺凌，必然是他担负的第二重苦难。鉴于第三重哲学意义上的苦难还没有真正构建起来，那么，我认为，"凌云青式"的少年，在那个时代和那个环境下担负的最重的苦难，一定就是这种基于人性之恶的苦难，这种苦难比起第一重来，更难消解。

《在人间》里，开篇不久也呈现了弟弟科利亚的死亡和葬礼。他"鼓起的肚子和长满脓疮的歪腿"，可以让我们清晰地看到大地苦难对生命随时存在的威胁；他像"一颗小小的晨星悄然消失了"，这既是19世纪七八十年代俄罗斯土地上常见的事。也是20世纪七八十年代中国川北农村常见的事，科利亚的死亡威胁，也是凌云青兄弟同样面临的，时间尽管往前走了一个世纪，但苦难带来的死神威胁却并没有退步，反而有些步步紧逼的意思。比起《惊蛰》里父亲的葬礼的"盛大"来，《在人间》中的弟弟科利亚的葬礼却寒酸得多，"没有神父也没有乞丐，只有我们四个人站在林立的十字架中。"四个人，就是阿廖沙和祖父祖母，以及雅兹的父亲、一个刨坟工人，他因为少要了刨坟的工钱而向阿廖沙表功。死亡叫人如此难过和讨厌，这让见惯生死的祖父也不禁和气地开导阿廖沙，希望以此打消他的忧郁："要是一家人都活得壮壮实实的，像手上的五个指头一样该多好！"这一段葬礼照见的，不是一个家庭的苦难，而是19世纪七八十年代整个俄罗斯民族大多数家庭的苦难，葬礼呈现出来的民族苦难，因为真实深刻而具有很强的象征意义。洞悉了死亡的真相和"在人间"的艰难之后,阿廖沙学会了像一株不屈的野草野蛮生长,并逐渐有了在恶与丑的世态里发现和靠近善美力量、并最终积蓄超越苦难的能力。

凌云青在父亲葬礼上感受到的和阿廖沙在弟弟葬礼上感受到的,都是这种力量,这也就构成了两部文学作品精神相通的内在逻辑:没有斤斤于苦难根源的追问——因为这个根源其实无须追问,而是对苦难呈现后的告别和忘却,并展开对苦难之后新生活的美好想象。阿廖沙的喀山大学梦想和凌云青大学理想的实现,正是这种苦难叙事的一次殊途同归。

两组人物:对苦难的救赎

苦难与救赎像一对孪生,它们必须在一部作品里相互依存并相互影响,苦难叙事才相对完整。

从两场葬礼中窥见生存现实残酷的真实性之后,阿廖沙和凌云青都主动选择了将不屈的意志和抗争精神作为他们对苦难救赎的精神利器。事实上,这样的选择既是唯一的,也是最为根本的。但这种选择对于两个少年而言,还是一种朦胧的自觉，尚缺乏能力自救与自振。他们必须依靠一些温柔、甜蜜和有力的力量，才能完成对苦难的救赎。在《在人间》和《惊蛰》中，各有一组这样的人物，是苦难叙事中人性之美的文学表达，虽然稀有，但毕竟存在。比较这两组人物，他们在完成对苦难的救赎这一重大使命上，也存在着一种隐秘的互阐关系。

斯穆雷作为阿廖沙的精神导师，其职业是游艇上的厨师，他热爱读书，并因此保护阿廖沙不受其他帮工的欺负；裁缝的妻子，借给阿廖沙书看，使阿廖沙的视野倍增，思想受到熏陶，因此，阿廖沙对她怀着深厚的感激之情；马尔戈皇后的身份虽然是贵族太太，但她深知教育的重要性，屡次告诉阿廖沙要上学，这个理想虽然最终并未成功，但她还是坚持借书给阿廖沙看，增进了阿廖沙的知识与思想素养。这组人物作为阿廖沙成长过程中的精神力量，帮助阿廖沙完成了理想主义的建构，并最终完成了对苦难的救赎。

这一组人物，在《惊蛰》里，就变成了凌云青的同桌细妹子、细妹子的父亲韩老师以及来自大城市的知识分子上官云萼夫妇。细妹子对凌云青的帮助，有朦胧的爱情意识作为铺垫，但核心仍然是希望凭借一己之力帮助凌云青改变命运，她是《在人间》里裁缝妻子和马尔戈皇后的合体。作为教师的女儿，她知道知识对于凌云青这样的农村少年改变命运的重要性，更知道获得知识的方法和途径，她的义无反顾和坚持不懈，充满了一种宗教救赎感和献身精神。

上官云萼夫妇则是斯穆雷、韩老师和马尔戈皇后的合体，他们自觉有渡引和拯救的义务，并将这种患难中的真情以及对人性洞察之后的感情转移，上升为一种人生理想，他们的这种渡引和拯救的力量尽管看上去微不足道，但给予接受者的价值和影响却是重大而深远的。一定程度上，我们可以说，如果没有这两组人物的存在，《惊蛰》和《在人间》的苦难叙事张力会大大衰减，如果缺乏了这两组人物的介入，阿廖沙和凌云青最终对超越的苦难，也会失去相当大的艺术感染力。

山顶上的象征：对苦难的超越

无论是《在人间》还是《惊蛰》，它们都有一个动人的情感价值，就是超越苦难的语言和叙述。两个文本之间当然没有必然的师承逻辑，但它们各自倾向于用客观、隐忍、安静甚至含蓄幽默的笔调，完成对苦难的超越，这是我认为的又一组互阐关系。

在世俗的维度，杜阳林显然无法找寻到消除苦难的圣泉，而只能给他笔下的凌云青不断增加抗衡苦难的砝码。用通俗的话说，"密不透风"的苦难，对他而言，不是负担，而是财富，是他在苦难中获得救赎的启示和力量。书中，凌云青总是在苦难压身的时候，独自或者和细妹子一起，走上野棉花山的山顶。这个看似无意的安排，我认为实际上是杜阳林的刻意为之，他的野棉花山山顶，在空间上吞吐和消化了凌云青的苦难，也在精神上成为一种超越苦难的象征。

在史铁生的苦难叙事里，我看到过这种象征叙事。"在《山顶上的传说》里，史铁生采取了加缪的思想方式，他赋予荒谬以意义。"（《新时期小说中的苦难叙事》，张宏著，中国传媒大学出版社，2009年版）这种荒谬就是"以自己的整个身心致力于一种没有效果的事业。"加缪认为，西西弗

"爬上山顶所要进行的斗争本身就足以使一个人心里感到充实。应该认为,西西弗是幸福的"。而史铁生在《山顶上的传说》里,安排了一个寻找鸽子的残疾人,也希望到达山顶。"山顶"成为一种精神象征,超越了残疾的精神象征。凌云青的野棉花山山顶,使他感到充实,他虽然不必进行西西弗的荒谬行为,但去到山顶正是他反抗宿命、超越苦难的精神力量。

《在人间》里,阿廖沙的"山顶"在哪里呢?在那些一切可以读书的环境:鞋店、东家的房子里和轮船上。这些环境,构成了他超越苦难生活的能量场,和《惊蛰》里的苕窖形成了一组互阐关系,也和"山顶"意象形成了一种象征性和喻言式互阐。这既是阿廖沙的山顶,也是高尔基自己的山顶,更是一切超越苦难者的精神山顶。

在这样一组互阐关系里,"山顶"作为一种精神象征,帮助阿廖沙和凌云青完成了对存在荒诞性的思考以及对人活着的意义的思考,避免了自杀和沉浮的可能,并最后找到了某种精神的力量。

鉴于《惊蛰》浓厚的带有作家个人成长经历的叙事,野棉花山不管是物理存在还是文学存在,它都应该是杜阳林的精神道场,而"山顶"能否成为一种超越苦难的文学意象呢?在《惊蛰》之后,当代文学的苦难叙事将如何处理苦难与救赎这对文学孪生,实在值得想象与期待。

毫无疑问,《惊蛰》一定是最近十年间,当代文学作品中一部有深度、有价值的苦难叙事范本。尽管它在叙事技巧、叙事结构以及语言规范(即便是方言,《惊蛰》中也还存在诸多可以商榷之处)、人物形象塑造等方面还存在诸多不足,但这并不妨碍它在苦难叙事上踵武前贤的勇气以及成熟驾驭苦难所呈现出来的文学魅力。

面对苦难叙事这个文学的永恒主题之一,《惊蛰》与《在人间》或明或暗地存在着的这些叙事互阐关系,让它有了进入新时期苦难叙事文学范本的可能。取法乎上,得乎其中,假如杜阳林还有计划写作"凌云青的大学"的话,那么,它在精神气质上,就离《在人间》这样的世界文学经典更进了一步。

第二十一品 蜀书二十四品 形 容

风云变态,花草精神。海之波澜,山之嶙峋。

——司空图《二十四诗品》之二十:形容

《盛世的侧影:杜甫评传》,向以鲜著,四川大学出版社,2021年版

认识杜甫的十六个侧影

——读诗人向以鲜的人物传记《盛世的侧影：杜甫评传》

人物传记中的"评传"特重于研究与评论，非同于一般性的人物传记。它强调评传写作者掌握传主生平材料的全面性和严谨性，尤其是建立在传主生平事迹基础上所具备的独到眼光和卓越见识。因此也可以说，评传是一般性传记的升级版，不是功力深厚的一般性写作者，是不敢选择"评传"这种题材的。

杜甫及其诗歌研究，当然值得"评传"。但详考20世纪以来学术界的杜甫研究，我们发现，以"杜甫评传"为题的著作或者重于杜甫研究与评论的著作早已经珠玉在前了，如陈贻焮的《杜甫评传》、金启华的《杜甫评传》、莫砺锋的《杜甫评传》，此外，朱东润的《杜甫叙论》、韩成武的

《杜甫新论》虽不以"评传"标题,但仍是"评传"的写法,理应归入杜甫生平及诗学研究中的"评传"体系。

在强手如林、前著注详的背景下,"新人"要继续以"评传"为目标,写一部杜甫生平及诗学研究的"评传"作品,所面临的难度和挑战是非常大的。但我更看重"新人"在面对一试身手、一较高下这种诱惑时的勇气:从学术研究贡献的角度,这种"诗意"的诱惑,往往意味着新成果的诞生。四川大学教授、诗人向以鲜的《盛世的侧影:杜甫评传》作为新世纪以来学术界又一部重要的"杜甫评传"作品,如何在前贤道尽的阐释空间里,发现别样的杜甫?如何跨越千载之上,以当代诗人之心体悟中古诗人之魂?如何跳出学术争论的深坑,慧眼洞见一个特别的人物的一生及其所处的时代?

在我看来,这部评传作品充分显示了向以鲜在集部之学上深厚的考据与义理功夫,以及超越江湖和常识认识上的古典诗学鉴赏力,尤其是其举重若轻、托微见显、援今入古、以外通内、似谐实庄的"杜甫评传"写作理路和心态,显示了向以鲜在"评传"写作上极强的文体开拓能力。仅就这部著作在21世纪以来的"杜甫生平及其诗学"研究上颇开新面的成就来看，这部评传不仅能与上述"杜甫评传"作品并列之而毫不逊色，还必将以其在认识杜甫及其诗学方面的诸多开题价值而传之后来。

作为一部成熟的"评传"作品，《盛世的侧影：杜甫评传》中几乎处处埋伏着向以鲜充满妙趣、睿智而深刻的评论。对这样的评论再生发评论，不仅多余，还显得极不明智。所以，我就将对这部著作的评论取向，定于帮助更多读者认知其妙趣和深刻之处的"钩玄提要"，所用材料和语言，也多以作者的原文为主，着重关注这部著作中的杜甫形象新见、杜甫诗学新论和杜甫心灵新感三个部分内容。

杜甫形象新见：十六个不同的侧影

在诗圣、诗史这些相沿而下的标签之外，要给杜甫形象重新定义，不仅建立在新材料的发现之上，也建立在细腻而体贴的同理心之上，更建立在对杜甫全集精读并抉剔出前人习焉不察的感悟之上。向以鲜虽然是杜甫研究的后来者，但并非古典诗学鉴赏、甚至是古典文学研究的素人。作为20世纪以来最为杰出的杜甫研究大家之一的闻一多先生的再传弟子,他对杜甫研究的兴趣和学术积累,泰半源出于这个特别的师门馈赠,剩下一小部分,是他个人经历与成都的机缘。鉴于文学和史学这种须臾不离的关系,杜甫的研究其实也是中唐及晚唐史研究的一部分。转换一下角度,中唐及晚唐史研究,一部分也要高度依赖于杜甫的诗史价值。但无论是诗圣还是诗史,这两个维度观察下的杜甫确乎都有一点老生常谈、难翻新境了。也因此,跳出诗圣和诗史这两个特定的标签,重新发现和定义新的杜甫形象,便成为新世纪以来杜甫研究的崭新方向。

就这一点而言,《盛世的侧影:杜甫评传》有着显而易见的贡献。我简单梳理了一下,发现这部著作里,至少呈现了杜甫十六个不同的侧影,它们站在网络调侃的"杜甫很忙"之上,用严谨的学术研究、诗人同理心和当代价值,给我们指向了十六个认识杜甫的崭新维度:

1. 孤独的黄牛。见杜甫《百忧集行》:"忆年十五心尚孩,健如黄犊走复来"。在向以鲜看来,杜甫的童年和少年时代,包括青年时代前期,总的来说是孤单的,像一头走在洛阳古道上的孤单黄犊。和僮仆们相处得像朋友一样的牛羊们,在杜甫一生的经历中,承担着以牛自况的使命。除了终身劳碌奔走的苦难,还有难与人言的孤独。读这部著作,看到作者抓取黄犊这个动物来曲尽其妙地阐释杜甫的孤独,真有切腹之感。

2. 浪荡儿。见杜甫吴越漫游诸作,其中《壮游》一诗中有"快意八九年,西归到咸阳"的壮游自况。向以鲜考证了杜甫家世,尤其是父亲杜闲对其壮游的资助后说:看来,杜闲的长子杜甫,有足够的资本去齐赵之间游荡,衣轻裘,骑肥马。后来,时常落魄的杜甫,对那些"衣马自轻肥"的五陵少年同学们既羡慕又不屑,完全忘了自己当年就是这样一位放荡的主儿。作者不盲目崇拜,也不轻易厚诬,而是客观中立地给青壮年时期的杜甫贴了个"浪荡儿"的标签,正是我上面提到的似谐实庄的笔法所在。当然,更进一步说,杜甫青少年时期的浪荡,其实是为中年以后的厚积薄发作准备。司马迁在写作《史记》以前,也有一段相当长的壮游时期。因此,这里的"浪荡儿"不是贬义,更多是青春放纵的褒义。

3. 赌徒。见杜甫《今夕行》："咸阳客舍一事无，相与博塞为欢娱。冯陵大叫呼五白，袒跣不肯成枭卢。"作者考证杜甫参与的赌博是一种类似于今天的掷骰子定输赢。杜甫在诗里活灵活现地描绘了一个赌徒的形象：大呼小叫，神情亢奋，袒胸赤足，旁若无人。我理解这个偶尔是赌徒的杜甫，他可能是偶然的迷恋，更多是一种调剂式的欢娱。就我的经验而言，每个人内心里其实都住着一个赌徒，只是，真正的赌徒没有驾驭住自己的赌性。每年春节，我都会和家人玩一种赌金花的游戏，那种大呼小叫、神情亢奋的经历，让我乐在其中。从这个角度，我深刻地理解了赌徒杜甫，并高度认同向以鲜教授的慧眼勾勒。

4. 画家。见杜甫《饮中八仙歌》。尽管今天我们很难找出证据证明杜甫擅长丹青，但从《饮中八仙歌》中，可以得出一个结论：这是一个超越了一般意义上的画家的"画家"，是画家中的画家。向以鲜说：杜甫的这八幅人物速写，以写意、点染或白描手法，抓住每一个人的性格及行为特征，仅用十四个字、二十一个字或二十八个字，就使各位酒中大神跃然于纸上，就将每一个人最富有表现力的某一个瞬间、某一个表情、某一个姿态，定格在历史的巨幕之上……有学者认为杜甫的这种人物肖像诗作可能受到唐代佛经变相的影响，或有一定的道理，艺术之间是相通的。

在《戏为韦偃双松图歌》一诗中，更能找到杜甫作为一个画家的充足证据。杜甫结合他之前对韦偃所画古松的印象，再加上自己对于古松图的理解与想象，率先为韦偃构想和勾勒出一幅双松图：它们的树皮必须是皴裂的，上面布满了深青色的苔藓；它们的枝干必须是枯瘦有力回旋错折的，像金铁又像龙虎的枯骨，斑驳陆离黑白相间；对了，松树的根部必须出现人物，有人才有灵气，最好能画一个带有西域风格的僧人，他的眉毛和头发要足够的苍白足够的修长，他的姿态要足够的随性，右肩偏袒着，双脚也要赤裸着（穿上鞋子就没有感觉了），他的胸前或怀中还要画上一两粒从空中针叶之间坠落的松果。向以鲜认为，杜甫对绘画有一种发自骨子里的喜欢，自古诗画相通，他总能从各种艺术中汲取精华和力量。他在成都遇见了著名大画家、曹操的后人曹霸，并写下两首名作：《丹青引·赠曹将军霸》《韦讽录事宅观曹将军画马图》，也是他作为一个画家之上的画家的最好证明。

5. 吼货商人。杜甫在长安有过卖药的经历，这已经是前贤研究和考证后成为共识的问题。这一点，向以鲜显然是站在前人的肩上，但又不限于此，他在前人的基础上，有更深入的分析。长安的药行主要设置于西市，要在西市开个药行，得花很多钱不说，还得很专业，杜甫毕竟只是粗通药理而已。那么，杜甫去什么地方卖药呢？如果真卖过，杜甫只能违法跑到西市大门外去卖点"吼货"。卖吼货的杜甫，或者吼货商杜甫，这是向以鲜在卖药的杜甫研究上，更进一层的似谐实庄，其中有他对诗人的理解、同情和悲悯。

6. 投机分子。见杜甫《进封西岳赋表》："维岳授陛下元弼，克生司空。"元弼当然指杨国忠，他赞美杨国忠，意在求进，是迫于现实的违心之举。杜甫很快就为自己的这种行为深感愧悔，此中心迹可以从《白丝行》"香汗轻尘污颜色，开新合故置何许。君不见才士汲引难，恐惧弃捐忍羁旅"中看出。偶然一投机，白丝便污染。杜甫的警醒自觉，和从此之后的坚定自守，让我更认同这种白璧微瑕的真实人格。历来论杜者,多从神的高度仰视,而缺少人性的平行视角。向以鲜拈出此点,真不愧是诗人手眼。

7. 情圣。见杜甫《月夜》:"香雾云鬟湿,清辉玉臂寒。"关于杜甫为"情圣"的说法,最早见于梁启超1922年在清华大学题为"情圣杜甫"的演讲,此从略。向以鲜在这部著作里,将杜甫为情圣的"情",从对妻子儿子的深情,升华到对乱离之世的苍生的深情。他认为杜甫确实当得了"情圣"二字,他是中国诗史上最为深情的圣人。递进之解,真可以是梁启超的异代知音。

8. 粗人。见杜甫《羌村三首》其三。说杜甫是粗人,相信大多数人不会认同。从诗歌艺术尤其是遣词造句角度去理解杜甫的粗粝,就不难理解了,这当然也是向以鲜在这部著作中的独特之见。他认为,杜甫是唐代挑战腐朽语言的超一流大师,常常在情感充沛之际省去全部的诗歌修辞,而将一颗滚烫的诗心以近乎粗粝的方式直接敞开给世间。很多人将粗粝与粗糙混为一谈,对于一个雕刻大师来说,光滑与粗粝都是他十分珍贵的语言,也是构成其作品的重要品质和手段。粗粝是一种内在,十分考究，表象显得朴素甚至荒芜，但有触之疼痛、抚之刺痛的品质。理解了这点，也就理解了"粗人"杜甫的这个定义。此点既可以作为诗人形象解，也可以作为诗人诗学解。

9. 诗歌园艺学家。见杜甫成都杜甫草堂和瀼西草堂诸诗作。向以鲜认为，杜甫到了成都之后，才变身为一个颇具规划师风范的诗歌园艺学家，他对于居住环境和各种植物的热爱与研究，在历史上除了苏东坡之外，再难找到第二个人与之媲美。杜甫以诗索物，既出于一个诗歌园艺学家的本色需要，更出于构建一个比较有实力的朋友圈。

10. 恋物癖。一个把诗歌写到极致的人，一定是一个讲究生活细节之美的人。而在我看来，即便在最艰难困顿的生活环境里，都保持着精致细腻的生活热情的人，他的诗歌一定很感人。杜甫在成都生活期间，记录了很多他恋物的细节，如《又于韦处乞大邑瓷碗》中的成都白瓷，如《将赴成都草堂途中有作先寄严郑公》之五中的乌皮几："锦官城西生事微，乌皮几在还思归。"这个乌皮几，后面还将不断出现在杜甫的诗中，直到随他漂泊终老。这样的恋物癖，与其说是诗人的物质化态度，不如说是诗人通过恋物表达对故友的感情，以及对过往岁月的怀念。这样的恋物癖，让人心动，也让人心痛。一个乌皮几的发掘，正是向以鲜托微见显的笔法魅力所在。

11. 懒汉。向以鲜敏感地注意到杜甫住进成都草堂后，很快就进入一种被诗人称为"疏懒"的生活状态。到了成都后，诗人"疏懒"的神经才被唤醒，他所喜欢的种药与卖药的生活自由而逍遥，部分滋长了他的"疏懒"。诗人到底有多"疏懒"呢，最夸张的时候可以一个月不梳头，似乎在刻意模仿韩康那样的隐士行迹。但懒汉杜甫的定义仅是第一义，向以鲜认为诗人的这种疏懒，在于疏懒中存真与求真，这个"真"更接近道家所讲究的自然的天性或生命的天真。这种懒与真的生活态度，也带来了杜甫诗学观念的转变，更在精神气质上与成都这座城市若合符契。

12. 撒娇老人。老人撒娇如儿童，最是被理解。在懒与真的基础上，向以鲜更进一步认为，它们的极致就是无所忌惮地撒娇，这体现在杜甫的"狂"。撒娇是一件包裹各种情绪的衣裳，也是一种缓和坚硬碰撞的润滑剂，让呆板而苦楚的生活变得更富有生命力，更有回环的空间。说得再直白一点，撒娇就是一种对抗严酷时代的生存智慧。理解了这一点，我们就能理解杜甫诗中的那些狂，那些撒娇、撒泼甚至撒野。这是托微见显的又一例。

13. 吃货。到了成都后，杜甫美食的味蕾完全绽放开来。向以鲜推断，杜甫患糖尿病或与他好吃甜性食物有关，比如杜甫就特别爱吃蜂蜜。此外，在他的很多诗作中，都可以发现他作为吃货的凭证。喜吃甘蔗汁、甜瓜、冰水浸藕丝，喜欢饮郫筒酒和青城乳酒，在夔州期间，还喜欢吃一种类似于添加了槐叶汁的凉面，锦江鱼当然也是杜甫的最爱。说杜甫是一个标准的吃货，应该没有人有异议。他的舌尖敏感、准确而多情，品过世间的美味，也尝过人间的酸辛，美食赋予了他双倍的价值。这样的吃货，不仅可爱，而且可敬。

14. 口语大师。见杜甫成都及夔州诸作。向以鲜认为，口语诗的本质，在于不断向丰富苦难的生活汲取原生的力量，在于永远扎根于大地的深处获取鲜活的养分，在于始终秉持一种既解放又独立的民间写作立场。杜甫是当之无愧的唐代口语大师，也是唐代以口语方言写作的积极倡导者和践行者。无形中，又是成都这个城市给予了他丰富的口语滋养。

15. 养鸡专业户。见杜甫在夔州的诗作《催宗文树鸡栅》。杜甫早年曾想回到偃师，像洛阳人祝鸡翁那样当个养鸡专业户，买一百只鸡来养，一年左右就可以变成上千只，给每只鸡取一个好听的名字，喊到哪只鸡的名字哪只鸡就过来和主人一起玩。在夔州后，这个养鸡专业户的理想终于实现了。

16. 艳情诗人。郭沫若曾经说，杜甫并不总是道貌岸然。看起来是批评，我觉得其实是援今入古的一种理解和认同。将心比心，杜甫为什么不可以喜欢美女，为什么不可以和伎女交往，为什么不可以写艳情诗？在《春日戏题恼郝使君兄》中，他直言"愿携王赵两红颜，再骋肌肤如素练"，真是深得艳情诗的直白之法。喜欢就喜欢，愿带几个红颜就带几个红颜，总是来得光明磊落。在《宴戎州杨使君东楼》中，杜甫又说："座从歌妓密，乐任主人为"。看来他和歌妓坐得还十分紧密。不过这都是应酬场面上的事，这样偶尔的艳情写作，并不妨碍他是一个持身庄重的圣人。另外，杜甫在《独坐二首》其一中说："暖老思燕玉，充饥忆楚萍。"燕玉是什么？历来杜诗研究者在此聚讼纷纭,有专家认为杜甫想吃道家的玉屑。向以鲜冲破不敢谈杜甫的私生活禁区,坚持认为,只有燕地的女子才符合杜甫写诗顿挫变化的风格,因为下句是写食物,上句不可能也写食物。在夔州期间,杜甫有娶妾的愿望,在《负薪行》中,他陈述了夔州女子老大难嫁的情况,出于同情和救济的目的而纳妾,便没有什么可以值得大惊小怪的。尽管他可能最终没有纳妾,但于中可以看出杜甫真实的人性。天性及人性,向以鲜将今天的我们,带到杜甫欢宴和艳情诗的现场,目的其实就是帮助我们从人性的角度,更加深刻地理解诗人在对待艺伎或妓女的欣赏和热爱之外,与她们同悲共感的深情。

杜甫诗学新论:以诗人之心解诗人之魂

向以鲜是当代杜甫研究阵营中少有的诗人代表。这个诗人身份的好处在于,他可以以诗人之心解诗人之魂,方法论上,就是上面提及的援今入古。这部著作中,有很多向以鲜关于杜诗的新论。以我的浅见,大略举要如下:

一是用当代诗阐释杜诗。此点,可移读他的《唐诗弥撒曲》。这种相互阐释的方法，在《盛世的侧影：杜甫评传》中随处可见。这种方法的好处，在于方便喜欢新诗的读者通过新诗去理解杜甫的古诗。

二是高度提炼杜诗的情境和关键字。情境也是心境，孔子的"农山心境"，钱锺书先生论之甚详。向以鲜在这部著作中，论及杜甫的"月夜心境"，以及"安得"句法，还有上文论及的粗粝之美，都是他的慧眼提纯。杜诗谈艺，在这里不是枯燥单调刻板的，而是鲜活生动的。他在诗歌谈艺上的举重若轻和抓住情境和关键字以及他对杜诗中鹰与凤凰意象的解读，正是作为诗人的一种潜在功力的体现。

三是发现杜诗中的口语之美。在这里，便见出了当代诗人特别的鉴赏力和评传中评论的紧要之处。向以鲜认为，一首诗的品质或者一个诗人的内核，与他是使用口语写作还是书面写作没有任何必然关联，起决定性作用的永远是诗人的识见、情怀、天赋和风骨。他当雅则雅、当俗则俗，这才是以诗人之心解诗人之魂的最好证明。

四是高度礼赞杜诗的批判精神。作者认为，在唐代诗人中，没有比杜甫更具批判精神的史诗诗人。这样的定位无疑是准确而深刻的。杜甫的诗歌就像一面光鉴纤毫、朗映万象的神奇镜子，使千载之下的世人，得以窥见一个风云时代的侧影：光辉的、灰暗的；繁华的、凋零的；欢乐的、悲伤的；历史的，诗歌的。这种对批判精神的礼赞，对当代新诗而言，无异于一记棒喝。任何一个丧失了批判精神的当代诗人，是不足以成为伟大的诗人的。

五是肯定杜甫对拓展母语的宽度和深度做出的贡献。此点，非诗人而不能有此自省和自觉。他批评现代汉语诗还没有为丰富和提升汉语的表达做出太多的贡献，这体现为向以鲜通过这部著作表达出来的强烈的问题意识。如何从传统的农业文化词语中汲取营养，并且迅速切入现代或后现代工业文化的核心，仍然是摆在当代汉语诗人面前的难题和重任。

最后是将杜诗中的苦难定义为"士大夫的责任性苦难"的精警。向以鲜认为，杜甫是享受过欢乐和荣耀的人，他推己及人，将自己的小苦和人民的大苦进行语言叠加，再与士大夫的责任性苦难叠加成一种巨大的、始终无法排遣的生命苦难，从而形成一种更具社会学意义的苦难景观。我同意作者对杜诗苦难的这个定义，并认为这种士大夫责任，在今天异常稀缺。

杜甫心灵新感：以外通内的心理和鸣

《盛世的侧影：杜甫评传》中还有一个典型的评传笔法，即通感。这个通感，不仅仅是钱锺书先生所谓的文学通感，更是中西比较文学和比较诗学乃至比较心理学的通感，即以外国文学、诗学和心理学等学科或者著作，通向理解杜甫及杜诗的心灵和感官世界。这部著作中，引用了数十位西方诗人、作家的作品，尤其是心理学论述，以此达到一个中西相通的心理和鸣之效。

如上文论及的"月夜情境"，他引海德格尔致里尔克的书信中的句子以达到某种西方的启示，这种月夜情境，在中西、古今诗人心里，都是相通的；在谈到杜甫"感时花溅泪"中的"花溅泪"时，他引西班牙诗人加西亚洛尔迦的《哑孩子》——"孩子在找寻他的声音/在一滴水中/孩子在找寻他的声音"；杜甫名作《旅夜书怀》中体现出来的那种彻底的孤独感，在法国诗人兰波的《醉舟》中也有同感——"当我顺着无情河水只有流淌，我感到纤夫已不再控制我的航向"，这和杜甫

"飘飘何所似，天地一沙鸥"真可以互文。

再一处，他注意到，杜甫诗中的钟声，能够以听觉可感知的方式，将连续的时间处理成片段性的瞬间，因此会对诗人产生深远的影响。德国哲学家尼采5岁于复活节时听到的钟声，可以回荡在他一生的旅程中。想必杜诗中的那些钟声，也对杜甫产生了非常大的影响。无形中，杜甫和尼采，乃至和德国诗人特拉克尔，都成为钟声的拥趸。

对杜诗《阁夜》的阐释，向以鲜搬来了法国象征主义诗人瓦雷里讲过的一个诗歌故事。杜甫和瓦雷里，既可能隔着一道鸿沟，也可能相濡以沫。对这样的阐释，向以鲜显然相信，这两者通过诗歌达成的心理和鸣效果，相濡以沫更为贴切。

关于诗歌中的苦难，向以鲜引用了诗人柏桦的一个发现。柏桦认为杜甫和波德莱尔一样，有一种极乐的自我虐待倾向。这个发现至少给我们提供了一个不同于传统思维考察杜甫的角度。

这样中西和鸣的例子还有很多，限于篇幅，兹不一一展示。作为评传写作的一种方法论，向以鲜的以外通内，来源于他作为中国诗人对西方诗人心理和情感的敏感。偶然的阅读和理解，为他在这部著作中更深层次、更进一步理解杜甫的心灵世界，创造了一种必然的机会和视角。这可以作为这部著作传之杜甫研究后来的一个显著特点。此前，似乎很少有评传有过这样的比较视角。

最后一点，向以鲜和一位老教授关于在仰止堂朗诵现代诗的争论，以对白方式的呈现，可以视为他和杜甫心理和鸣的一个观点。作为旁观者，我并不愿意陷入谁是谁非的争论，我更看重他以现代诗或者说当代诗献祭杜甫或者告慰杜甫的那种虔诚的心灵，尤其是他的放言："21世纪的中国好诗歌，一定是接通汉语血脉、打通中西隔膜的现代汉语诗歌。"换言之，古体诗歌，已经很难进入中国好诗歌的认知和评价体系了。

这并不是杜甫的悲哀。

一个时代有一个时代的语言，也有一个时代的文学。我相信，杜甫要是活在当下，也愿意创作抛弃韵律和平仄限制的现代诗。他是一个与时俱进的诗人，也是时刻和人民在一起的诗人。

从这个意义上来讲，《盛世的侧影：杜甫评传》也可以理解为当代诗人用接通汉语血脉、打通中西隔膜的现代汉语诗歌，向伟大的古典诗人献祭的心灵和鸣之作。

第二十二品 蜀书二十四品 绮 丽

神存富贵,始轻黄金。浓尽必枯,淡者屡深。

——司空图《二十四诗品》之九:绮丽

《吾儿吾女》,袁远著,北京十月文艺出版社,2022年版

事件与时间中的《吾儿吾女》
——基于齐泽克的哲学解读与王安忆的文学理论

"在循环结构中,若干事件互为因果。"(《事件》[斯洛文尼亚]斯拉沃热·齐泽克著,王师译,上海文艺出版社,2016年版第2页。)

斯洛文尼亚作家、学者斯拉沃热·齐泽克在他的代表作《事件》中,为我们探讨了"事件"一词的概念,并以深入浅出的平易文字阐释了与"事件"相关的义理。鉴于他身上已有的"20世纪90年代以来最为耀眼的国际学术明星之一"和"黑格尔式的思想家"这两个耀眼的光环,他关于"事件"的阐释正在被广泛接受并援用,文学批评家用来作为小说中"事件"逻辑存在的理论依据也就变得非常容易理解了——因为大多数的小说都会安排至少一个事件。

"时间对我们来说始终是个压力,当头和尾都决定了的时候，中间如何度过，是我们一直要处理的事情。"（《小说课堂》王安忆著，上海文艺出版社，2019年版第287页。）在事件之外，著名作家王安忆则将小说创作的难点聚焦在"对时间的处理"上，她在《小说课堂》里，用了很多案例，来分析小说中的时间处理艺术。

在齐泽克的哲学解读和王安忆的文学理论里，"事件"和"时间"这两个音同却义别的词，各自指向了小说创作的两个最为重要的方法论。小说创作语境虽别，然而中西思想却完全可以汇通，齐泽克的伦敦大学伯贝克学院课堂和王安忆的复旦大学小说课堂借助于这种汇通，完成了对世界范围内的小说创作者的跨文化启发。

女作家袁远的长篇小说《吾儿吾女》以"小升初"政策调整这一"事件"为引子，带出了多个家庭在这一事件中的情绪和反应，平静而稳定的生活被打破，层出不穷、一环套一环的大小"事件"，在小说的时间线里循环而生。父母和孩子如何在残酷而现实的矛盾里逐渐和解？一个"小升初"的漫漫上岸路如何深刻影响中国的家庭生态？袁远精心设置了多个交错起伏的事件，并在小说的时间线里，一一揭开"天下父母"身心里隐秘的痛与爱。

似乎是巧合，也似乎是必然，袁远在《天下父母》的写作里，汲取了齐泽克关于"事件"的哲学解读营养，也遵从了王安忆关于"时间"处理艺术的文学理论。她以至轻至缓笔法写出了"天下父母"及"吾儿吾女"这个至难至重的主题，也以极精极巧的架构完成了极繁极乱的事件铺陈与时间处理，这些使得她的小说创作更臻于主题的统一美和结构的成熟美。

对事件与时间处理的敏感性

对小说空间和时间中事件处理的敏感性，在袁远早期的中短篇小说里就有所体现。

中篇小说《一墙之隔》的空间围绕城市展开，时间大多发生在幽暗的夜间，而事件呢，正是一场事先不会张扬的抢劫。在这篇作品里，袁远写到了一个相貌英俊的抢劫者、一个失意的海归和海归"悄悄变质"的女友、一个身兼美容师与雪茄小贩二重身份的女子，他们的生活在多个空间点上重叠、交叉，在多个时间段上同时游弋，他们是熟人、恋人、室友，彼此却并不知晓对方内心的底牌，更无人知晓命运的底牌。

这大约是袁远第一次成熟地架构事件和时间这两个小说最为重要的元素，但主题和笔法却不像是女性的，反而充满了男性的锋利和力量感。在创作谈里，袁远坦承："在过去的小说里，我尽力去写过人性中明暗交错的东西，去触碰过复杂的内心图景，以及被神秘力量暗中推动的命运。在这篇小说里，神秘力量也推动人与人的关系。人与人是相连的，也是相隔的。正因为相隔，所以人心打开缝隙的一刹那，是如此的美好。"

然而，评论家对《一墙之隔》中的男性锋利并不认同。四川大学文学与新闻学院副教授姜飞在《亲仇一墙之隔》里，说袁远有"温婉的文字与软弱的内心"。在小说里，"她让酒吧里的保安准时出现，从而黑老大对那位不K的小姐没能痛下杀手，她让夏葳掏出刀来抢拼死捍卫钱包的段晓蕾，那刀还未落到段晓蕾身上而小巷中车灯却亮起。"姜飞认为，袁远总是不能直面残酷的细节，她应该突破善良女人式的温婉而笔锋锐利起来，这恰好是善良的作家袁远与恣肆的杰出作家袁远之间存在的距离,这个距离真是"一墙之隔"。

姜飞的评论里,勾连了袁远的长篇处女作《亲仇》(四川文艺出版社,2010年)。他想象袁远的写作会"破墙而逾"并没有发生,反而在《一墙之隔》里呈现出一定的锐利之后,退回到了《亲仇》的温婉与软弱。

《亲仇》写父母与子女在对抗中的爱意与退让,具有残酷中的忍耐与悲悯,确为一卷真切描绘中国家庭内部景观的细密图画。主题的沉重与事件的残酷,让至亲者至仇这个困扰着万千家庭的伦理学难题入木三分的同时,也让人为"亲仇"这个伦理问题的形成掩卷深思。姜飞的评论一语中的:"生活的空间一旦长时间重合,亲与仇也就同蕴其中。"袁远的编织,因为有了前面无数个中短篇打底,在《亲仇》里,就变得越来越成熟了。袁远借《亲仇》显示了自己作为女作家对爱情、家庭和婚姻这些主题写作的敏感,并试图用小说中对事件的处理,来呼应读者尤其是女读者的某种隐秘的阅读期待,她希望读者能从事件里获得经验,训练目光,长出智慧。

《亲仇》之后,《单身汉董进步》(上海文艺出版社,2017年)和《亲爱的婚姻》是两个可以互相阐释的中篇小说，直到《吾儿吾女》，她都在循着这条写作的主线，沉默而有力地掘进。

袁远从来不会把自己想象成伟大的小说家或者小说风格的开拓者。这二十余年的写作生涯里，她其实一直在努力探入到"家"这个永恒话题的深层激流之中，探入到"家"的哲学和伦理中，探入到社会幽微的敏感内层里，去窥探"家"的深刻含义和父母亲人之间复杂的情感。由《亲仇》至《吾儿吾女》，她逐渐感到，有必要在小说中去记录逐渐形成的新观念和新世界，以及对固有的家庭范式及其亲人伦理带来的冲击波。

"事件"中的启发与反思

《亲仇》里的杜晓晗，一定有袁远自己的影子，但原型未必就是她本人，更有可能来自于她身边的女性朋友。因为读者"能够从对杜晓晗的叙述中读出更丰富、更真切的经验性内容"。这未必与作家的经历呼应，但一定与作家的同情相关。

袁远本性上是一个不婚主义者。婚姻对写作似乎更多是一种约束和桎梏，不太容易形成激励和促进。出于个人隐私，我也并不热衷于探问——即便出于关心，我对这样的隐私接触也保持着极好的分寸感。注意到这个问题，并非我热衷于八卦，而是想探讨作家关于小说创作的经验究竟来自于何处。在袁远相对简单的婚姻里，她应该没有条件面对《亲仇》里复杂的家庭环境。而出于她并未育有子女这个现实，《吾儿吾女》里剑拔弩张的亲子关系，也让我不得不对她的写作经验之由来产生疑问。尽管"冥想的能量同样足够促成伟大的小说家"（《小说与我》王安忆著，广西师范大学出版社，2017年版第27页。），但《吾儿吾女》里循环层出的"事件"显然不是来自于冥想，而对于"时间"的处理艺术，则完全与冥想无关。

"小升初"政策的大变，是袁远处理的第一个"事件"。不同的父母对这一"事件"有着不同的认知。按照齐泽克对事件"超出了原因的结果"和"破坏任何既有的稳定架构（Scheme）"（《事件》[斯洛文尼亚]斯拉沃热·齐泽克著，王师译，上海文艺出版社，2016年版第4页。）的定义，米颖、小安以及宋丽华这三位"小升初"学生的母亲有着各自不同的认知和应对之策：米颖外示忙乱，内里实则有着有条不紊的主张；小安娃娃气，应对事件几乎全无主见，丈夫金峰"本事不大脾气不小"，在"小升初"这个大事件里因为有他和小安"咆哮事件"与"掌掴事件"的家庭过往，所以在"小升初"的筹划上，两个人并不能算是齐心；宋丽华则是苦心经营、工于心计、处处投机，是大事件里看上去最精明而不吃亏的人。

虽然明知道她们面对的这个大事件终会解决，袁远却还是用了十五个小节来铺陈三个母亲应对事件的详细过程，其目的当然是呈现大事件下、大城市中，天下父母纷然各异的教育生态以及随时改变个人命运的社会环境。她以"小升初"这个大事件作为小说的开篇，扣住了这个时代的天下父母都会遇到的热点和难点，使读者企图从中获得经验的想法得到了一定的满足。其中，也深藏着她对"父母"这个身份的焦虑与同情。毫无疑问，"都市是中心"，今天，都市里的父母面临的困扰空前的多，更何况大多数都市里的父母都是近一二十年间从农村转移进城市的。"进入中心的人们并不能立刻使自身成为中心的灵魂。都市成了新的'围城'，它虚怀若谷，海纳百川，却又吞噬一切，毁灭一切。"（《小说说小》郜元宝著，上海文艺出版社，2019年版第210页。）可以说，"小升初事件"是整个小说精心布局的循环事件的预章，它确立了这部小说"关怀、同情、理解"甚至悲悯的基调，无论是米颖、小安、还是宋丽华，她们对孩子"小升初"的重视与否、努力与否以及过程中付出的多少，都无可指责。

小说最残酷而逼近真实的事件，是任静和儿子陆枕涛围绕艺术特长画画发生的冲突、斗争与最终的和解。袁远选取的这个矛盾，在现实世界里普遍存在，但袁远在平静的叙述里却将这个矛盾事件写得惊心动魄。陆枕涛难以割舍画画这个爱好，掌握不好分寸影响了学习；并不宽和圆融的母亲任静强力武断隔离爱好，以使他回到正常的学习上来。矛盾几乎不可调和，寸步不让的冲撞中，死亡的威胁浮上来，学的乐趣和生的勇气沉下去，事件中的细节触目惊心。周六，陆枕涛上午做完作业，下午又坐到了画架前。一贯担心儿子因为兴趣爱好而耽误了学业的任静经过再次"交涉"无果后忍无可忍动起了手："任静再不多说，一冲而起，把画架上的画一把扯下，扔到地上，双手把画架一提，要搬进她的卧室。"冲突不可避免地发生，陆枕涛伤心难过之下说出了"你不让我画画,我就去死"这样的狠话。这个时候,任静母亲加入,"一把搂住了外孙,叫着陆枕涛的小名,颤颤流下泪来:'胡说!胡说!你胡说什么呀!莫吓我呀!'"老人加入任静母子这场"画画遭遇战",袁远恰到好处地把控了三代人在同一个场景里的时间节点和细节。可是冲突的高潮还没来呢,情绪的转换或者升华如何呈现呢?好了,袁远在此时别具匠心地安排了一个小细节:"任静母亲一个'哎呀'没说全乎,电话铃乍然响起。任静惊了一下,任静母亲也惊了一下。电话铃声又脆,又尖锐,震得整个客厅像是死了一般,任静忽然悲从中来,她和自己儿子,怎么就走到了这一步!"以为电话铃声让矛盾缓冲呢,袁远却不,又安排了大细节中的第二个小细节,让矛盾升级。"陆枕涛没接外婆递来的抽纸,身子一晃,人到了书桌前。错眼不见间,他手里握了一把美工小刀。错眼不见间,那刀片按在了他右手虎口上。"魂飞魄散的任静"欲上前夺下儿子手里的刀,哪有力气,双腿已不是腿了,舌头也不是舌头了"。细节在老太太栽倒在地和"她也栽倒在地"之后结束。在这样快节奏的叙事里,袁远不忘在急鼓繁弦里安排电话铃声和美工刀，基于对情节推动的合理与自然，这样的大细节套小细节，哪里是袁远有心设计，分明是细节自己找来。

从上面这个细节里，可以看出袁远的另一个功夫，即对人物心理、情态和语言的逼肖摹写。汪曾祺回忆沈从文在西南联大的创作课，"强调最多的一点是：'要贴到人物来写'。"（汪曾祺著《沈从文和他的〈边城〉》，《芙蓉》，1981年第2期。）任静的心理、情态和语言，陆枕涛的心理、情态和语言，包括老太太的心理、情态和语言，正是"贴到人物来写"的精妙之笔。《吾儿吾女》中，这样的精妙之笔还有很多，几乎每一个出场的人物的心理、情态和语言，都和他们的身份高度吻合，极具神韵。

而更让人不能呼吸的，是亲子关系的彻底崩溃。谁说袁远的叙事没有锐度？在《吾儿吾女》的"事件"设置里，这是不多的"血淋淋"的悲剧式书写。尽管，袁远最终将这对母子从亲子关系即将崩溃的悬崖里拉了回来，但谁也不能否认，客观存在了的死亡冲突，让我们还是不得不为亲子关系的脆弱捏一把汗，并为之心生恐惧。袁远不会在小说里给身在同样困境的父母一个改善的良方，因为这方法其实并不存在，但他们大抵可以从这个事件里得到启发、反思甚至教训。作为小说，这就够了。

而最让人荡气回肠、一念三叹的事件，是"问题学生"林逐月进特殊学校。离了婚的父母难得在这个问题上达成统一战线，足见林逐月问题的严重性。袁远不惜笔墨细致呈现出来的林逐月的问题，是否具有普遍性和警示性已经不重要了，她想在这个事件上尽可能地表达一种为人父母的态度，这种态度无关对错，只是需要深入到问题学生的内心里去，深入到现实里去，让问题最后的解决既顺理成章又留下足够的想象空间。所以父亲送进去，最后母亲放出来，这些情节都让袁远摆布得合情合理，而"问题学生"会变好吗？小说不负责提供最终的答案，事件到这里，像掀起的巨浪最后慢慢静下来成为一汪细细的流水，林逐月和她的父母，都要回到日常。

被压缩了的"时间"

"事件"说完，再回到"时间"这个问题上。

王安忆说"时间对于戏剧是个显性的任务"，

因为它需要考虑"如何将一个晚上度过去"。我觉得长篇小说也如此,把小说的"长度"填满,最重要的就是处理时间的问题。所有的"事件"都会得到解决,所有的矛盾都会缓解。在《吾儿吾女》里,所有的孩子都会长大,所有的父母都会变老,问题是,读者要的是这个充满趣味或者惊险的过程,过程就是时间,"小说的时间"不是自然时间,因此,时间的处理,也是小说家要面对的重要课题。

《吾儿吾女》的时间线,起于"小升初"政策公布前夕,收束于即将进入初三的初二下学期,这样的时间安排颇具小说家的匠心。袁远显然不能在一部小说里安排进"小升初"和"初升高"这两个重要的时间,"小升初"的过渡像一场战役,带出了各色父母和各色孩子。一个浪头过去,便是初一初二两个年度里看似平静实则波澜不止的日常。前面的浪头不过是日常的铺垫,日常里才装得下那么多生活的经络,一家又一家,一个问题接着一个问题。小说的交叉叙事里,时间在缓慢而有节奏地行走,一天、一周、一月、一学期、一学年,然后再两学年,看着进入初三、面临中考这一大事件,小说却突然收束。时间停止,人物谢幕,未来无穷的想象,只得交给小说外的"自然时间"了。

到这里,小说的时间与自然的时间界限尚在,但读者似乎已经分不清时间的虚与实,其实虚虚实实又有什么重要呢?"事件"的长度或长或短,人物的面貌或浓或淡,小说的思想或浅或深,都围绕着时间展开了就好,细节、情节、思想、人物性格等等,都在服务于"天下父母"与"吾儿吾女"这个内涵就好。袁远遵守着时间对小说容量的限制,把"不可叙述的转换为可叙述"(《小说课堂》王安忆著,上海文艺出版社,2019年版第290页。)的,将现实中冗长的自然时间,经过有意义的规划,压缩到小说的时间长度里,那些无用的时间便被淘汰和过滤。从"三月的帛州平原"开始,我们看到了时间的线头,到"十月中旬的周六",再到"雾气越发地重了"的秋冬之交,进入银杏叶落的十二月上旬,再进入"元宵节过后",又是一个春天,然后"清明时节雨纷纷",到"夏日的黄昏",时间行走的路径,在小说里是清晰的,却也是被压缩了的。无数个家庭、无数对父母、无数个孩子,都在这压缩的时间里,逐渐走出剑拔弩张的关系,时间的容量足够坚实地撑起小说的过程,小说家到这里"功成身退",却不忘在第31节里埋下自己对小说时间处理的技巧:"时间这个东西,既快又慢。慢的时候,千篇一律的日子仿佛永无尽头;快呢,弹指一挥间。"

对时间的处理,除了前述的小说时间和自然时间的"内外穿插"之外,还有小说时间中的"前呼后应"。袁远试图在一对有呼应的时间里写出人物幽微复杂的内心世界,照见他们千回百转的心思流转以及瞬息万变的世态人情。

小说写宋丽华夫妻为孩子的"小升初"有保底的学校,去见小县城教书的老同学。老同学带了妻女,在约定的餐馆,"三言两语,化不熟为亲热;一鼓作气,掀起欢声笑语的热潮。"最后,"惺惺相惜中,宋丽华从手袋里摸出鼓鼓的红包,拉过老同学独生女的手,声势浩大地把红包按到她手里,说:'阿姨的见面礼,拿着拿着。'"同学和妻子的态度不言而喻。

这个时间线里的小细节"隔日"又有了呼应,到此知道作家的时间观念,全在为下一个"时间线"作铺垫。隔日,宋丽华担心自己送的红包太少(2000元),便给同学发短信要账号,想把保底的成本主动加到"万元起步价",却谁知"短信发出,又是个石沉大海",前面的2000元红包就此打了水漂。一前一后,两个互相呼应的时间里,埋了多少人情世故,为"小升初"惶惶不可终日的父母们,看到这里,多少感同身受啊。

访谈:关于"家"的永恒叙事

袁远要写"天下父母"和"吾儿吾女"这个大课题,理应"男女"兼顾。但《吾儿吾女》在情节和情感上,很明显地呈现出了一种"重女轻男"的色彩。是袁远女性作家的性别意识使然,还是有意为之?这是现实的自然摹写,还是虚构的有意识加工?从书评人庞惊涛和袁远的访谈中可以一窥究竟。

庞惊涛:细心的读者一定会注意到,《吾儿吾女》中的"父亲"大多是缺位的,你是想批评当代父亲对教育的"不在场"?

袁远:倒是没有刻意如此。书中的很多所谓"问题"孩子,一部分由于父母离婚随了母亲;一部分虽然家庭完整,但父亲工作太忙,顾不上;还有一小部分，就是父亲角色压根不愿意花时间、精力和感情去"顾"；最后还有一小部分，基于传统家庭伦理达成的分工默契，母亲自觉地担负起了孩子教育的重担。从我的经验来讲，在教育问题上，父母两个只要有一个疲沓地退出，另一个只得毫不犹豫地顶上——而顶上的那一个，通常情况下是母亲，父亲角色即便对孩子的教育有参与、有介入，也是一种浅尝辄止的游离状态。

庞惊涛：我在《吾儿吾女》里注意到了一个父亲的游离状态，就是苗知禾因为在电脑上写小说而和母亲刘梅玉发生冲突，这时，刘梅玉丈夫蹿了过来，立在门口，刘梅玉并不理会。一个"蹿"，一个"立"，活化了父亲这个角色在家庭教育中的情态。

袁远：刘梅玉的不理会，其实也是大多数母亲角色的不理会，对沉默的父亲角色的不理会。我一方面并不太敢给父亲留下太多的教育空间和表现，这缘于我对写父亲角色确实力有不逮；另一方面，基于我接触到的很多现实案例，使我对父亲角色在家庭教育中的作用有清醒的认知。

另外，从写作的现实难度来讲，我不可能在一部小说里对"父母"角色平均用力,让他们在故事和感情里去平分秋色,我必须有所偏向和侧重。另外,小说必须超越现实,通过加工完成人物和情节的再造,以使读者对人物有所判断、生出区别和投以爱憎,以避免让笔下的人物堕入面目模糊甚或千人一面的困境。

庞惊涛:这里或许还涉及另一个问题,即作家自己在作品里的性别投射,作为写作者的女性角色,让你天然地把写作的情感偏向了女性?

袁远:这个问题,我曾经和翻译家、诗人蓝蓝作过交流,我承认我的女性写作偏向。实际上,到目前为止,我的所有作品都是写都市里的故事,故事的主人公也主要以女性为主,这应该跟我的生活环境和自己是女性有关。身为女人嘛,对女性的内心世界就会有比较深切的体会。或许有人认为,女性的世界总体而言很狭小,无非情感、婚姻、家庭,到今天依然如此。但我认为,恰恰因为女性从古至今都在乎这些最基本的东西,这个世界才有一个恒定的根基。写与女性世界相关的情感、婚姻和家庭,这应该是我的小说的主题取向。从《亲仇》到《吾儿吾女》,这样的脉络似乎再清晰不过。如果说,《亲仇》及其以前的无数个中短篇小说中的女性世界主题还很"狭小"的话,那么,我希望从《吾儿吾女》开始,让女性世界的主题变得阔大起来。"天下"不是我的野心,只是我在"狭小"里写出阔大的文学理想;而"父母"正是女性世界里,围绕情感、婚姻和家庭这些主题里的核心人物,它们可以归并为一个主题,即女性关于"家"的永恒叙事。

庞惊涛:从女性写作,到"家"的主题,这又是一个关键词。

袁远:无论是莫言的《红高粱家族》,还是陈忠实的《白鹿原》,或者路遥的《平凡的世界》,都充满了厚重的家族叙事。但我们这一代作家,是眼看着"家族"概念坍塌的一代,城市和乡村的大多数人,不得不从"家族"的概念里,退回到个体的"家"的概念。"家族"观念的淡化,"家"的观念的形成,呼应着传统"父权"的丧失和"女权"的平等崛起。评论家梁鸿说过:"这种文化的游离感、冲突感和自我存在欲望恰恰是90年代以来的文学共性。"事实上,"家族"观念和"父权"的淡化,为我们这一代作家"家"主题的写作和女性写作提供了无限的可能。基于这种理论背景,我的女性写作,一部分缘于自我选择的自由性,另一部分当然也有时代驱动的必然性。

庞惊涛:著名文学评论家刘剑梅也注意到了这种女性写作主题的必然性问题。在她的文学评论集《小说的越界》里,她谈到了女性写作下的"家"的忧伤:"大多数女性作家的写作都比较喜欢围绕'家'的空间以及'家'的情感和生态……在许多文学作品中,女性是家中的精灵,是安抚生活中所有伤痛的阳光,是宁静有序的平凡人生的维系者,是家族血脉的传承者……家给女性留下的日常碎片、无尽的孤独、难以填补的空虚、心灵的伤痛,常常是女性作家书写不尽的叙述空间。"她的这段评论充满了对女性的肯定和赞美,但更多的却是同情。在《吾儿吾女》里,你有没有对母亲角色的同情?

袁远:同情说不上,更多的是理解吧。那些由于教育问题引发的矛盾和冲突,以及由于这些矛盾和冲突所造成的"日常碎片、无尽的孤独"以及"难以填补的空虚"和"心灵的伤痛",都是我试图在《吾儿吾女》里藏下的隐主题。我没有体验过怎么做母亲,我希望以此完成对"天下母亲"的情感援助。

庞惊涛：我唯一看不透彻的是，《吾儿吾女》中竟然存在一个对所有教育问题都能优游从容、正确应对的母亲米颖，而她的女儿采采则几乎是整部作品里唯一一个没有"问题"的乖乖娃。这是不是你应用刘剑梅的理论，试图"用不同的叙述手段，让女性建构的自由生命空间一次次逾越传统家庭的界限，勇敢而坚决地挑战男权社会对女性的规定和限制"的一种刻意表现？

袁远：现实生活里，必然存在这样的"乖乖娃"和从容应对各种教育问题的母亲。我是想说，米颖和采采形象的存在，让《吾儿吾女》"家"主题的叙事，去洞开一种"越界"的可能，越过"家族"和"父权"的桎梏，也越过自己的女性写作局限。

庞惊涛：关于"家"的叙事取向，未来会发生变化吗？

袁远：在这个永恒的母题里，我已经尝到了甜头，也找到了方向，更为重要的是，一个空前宏大的女性写作空间扑面而来，让我大有应接不暇之感。这个时代的中国女性，处在一个巨大的文化和道德的断层上，身处这个时代，中国女性的内心世界和方方面面的东西都值得挖掘和表现。那些不那么炫目、被遮蔽得较多的女性在"家"的结构里感受到的困惑、疼痛和绝望,会一直是我不变的写作取向。继《吾儿吾女》之后,一个继续围绕"家"这个永恒叙事主题的长篇小说已经启笔了,我预计这个长篇至少会有3年以上的写作周期。

庞惊涛:但我担心,限于"家"的写作,会不会影响你走向更宽广的外部世界?

袁远:实际上,围绕在"家"的周围,就是一个宽广的外部世界。我能看到"家"的周围存在的陷阱、暗算和斗争,这些陷阱、暗算和斗争,可以让作家多面、复杂、甚至世故。作家要饮得烈酒,看到暴力,包容卑贱;要对历史、文化和政治背景、社会演进的逻辑和理路做到驾轻就熟;要拥抱光明,也要看到黑暗;要礼赞善良,也要接受险恶;还需要走出都市,在乡村甚至都市的边缘地带,去审视那些流动着的"家"的状态。在这种情境下,作家的男性或者女性角色正在淡化,或者被消解。因为一旦暗示或者确认性别,我们的写作就很难自己打败自己,也更容易遮蔽眼光,当视野不及的时候,我们就只能沉湎或者陷入自己的经验里。从这个意义上来讲,我也反对将我的写作单纯地归为"女性写作"。

庞惊涛:王安忆说,"主流生活已经格式化,唯有往主流外面的边缘地带去寻找艺术的对象。"未来十年,将是你文学创作的关键周期,我期待你的旁逸斜出、别出心裁和奇峰耸立,因为现实的"时间"是如此紧迫,你自己等不及,读者也等不及,时代也等不及。

袁远:谢谢期待!

第二十三品　蜀书二十四品　飘　逸

高人画中，令色氤氲。御风蓬叶，泛彼无垠。

——司空图《二十四诗品》之二十二：飘逸

《我用一生爱中国：伊莎白·柯鲁克的故事》，谭楷著，
天地出版社，2022年版

大爱无疆的时代画卷

——报告文学《我用一生爱中国：伊莎白·柯鲁克的故事》略论

已经迈进80岁门槛的作家谭楷将他最新的人物传记作品定位为"故事"而非"传"，显示出了越成熟越谦虚的智者心态。从《我用一生爱中国：伊莎白·柯鲁克的故事》的副题来审视，用"故事"来标目或许不仅仅是为了增强读者的阅读兴趣，更多应源于作者对人物传记写作的他者立场——它需要跳出写作对象的讲述和自我的观念，用第三方的视角来尽量客观还原传主的生平和事功。人物传记的"故事"化倾向，并非一种时尚，却可能成为一种他者立场的写作共识。

他者立场：在足迹重访中形成反思

从读者的立场，我认为这是一部80岁的智者向107岁的智者致敬的作品。故事线在两个不同的时间但相同的空间里重叠展开，传主伊莎白在中国的传奇经历堪称波澜壮阔。从传主的视角，这当然是一个异国女子在百年中国的时代大背景下融入、参与和创造以及试图努力改变中国乡村社会的人生回顾。不要鲜花、荣誉、赞美，回向人生终极意义的平凡、平淡与平实，应该是她的愿望和理想。

那么，作者的立场又是怎样的呢？

国家对外最高荣誉勋章——"友谊勋章"获得者、一位见证了20世纪中国苦难辉煌的国际友人、一位贡献殊伟的人类学家、一位长寿的女性……这是谭楷在面对这位特别的传主时，需要一一审视的背景、资历或者头衔乃至国际地位。他极容易因为陷入崇拜、仰视和赞美，而失去了客观讲述和评价的立场，事实上，无论从哪个角度去看伊莎白，她都堪称完美。同在华西坝的经历和相对于接近传主的年龄及心态，为谭楷赢得了伊莎白认可的机会。

或许，他上一部著作《枫落华西坝》里浓厚的加拿大元素，让加拿大籍的伊莎白在某一刻大生知己之感。但这仅仅是写作者和传主之间微妙的机缘，要真正进入他者立场的写作，显然还需要谭楷在这个机缘之外"另起一行"，如此，故事才有了说开去的价值和让人信服的力量。

传主健在，这对很多人物传记写作者来说，是极其珍贵的优势，但如果健在的传主对讲故事介入太多，这样的优势难免会成为一种"甜蜜的负担"。谭楷意识到了这一点，所以才在伊莎白有限的讲述和照片、资料等文献最大程度开放之后，循着她一生的足迹，重新丈量和思考一个异国女性在中国自主和不能自主的人生旅途和意义。一幅百年中国乡村的宏大画卷就此展开，伊莎白和谭楷，依次走向时代的聚光灯下。谭楷的丈量，既是一种佐证，也是一次考察，更是一种基于他者立场的反思。在踏进伊莎白走过的每一段旅程之后，作者更多的是要探寻个体在时代大背景下如何做出选择，一次选择又如何在一生的选择中造成影响和发挥作用，然后将这一生的选择归集或者指向为一种宝贵而稀缺的精神境界，以为西方世界在新的历史环境下认识中国洞开一种客观的视角。

不可否认，伊莎白的个体经历里，耦合了百年中国的跌宕命运，也因此具有极强的国际传播价值。但谭楷并不刻意纠结于此，而是尊重了伊莎白的平凡、平淡和平实理想，在同时代或者晚生代师友、学生和后辈的记忆、文字里，努力拼图完善出了伊莎白及其丈夫柯鲁克一次次的人生选择和幽微心路。他用这个非常务实、现场、历史性的他者立场，于无声处地讲出了这个并不为大多数国人所熟知的类白求恩式、类晏阳初式的人物故事。因此，读完全书，我不难理解作为作者的谭楷的立场。这部偏向于讲故事的人物传记，主要是写给当代中国人看的，在人们渐渐淡忘白求恩、淡忘晏阳初，甚至淡忘20世纪上半叶中国苦难历史的当下，作者希望我们不要忘了，有一位这样的异国女性，在为美好中国默默奉献。至于可能形成的对外影响，作者似乎并不强求，在这个问题上，他应该和传主伊莎白达成了高度统一。

智者视角：中国的人类学贡献

肇端于16世纪西方的人类学研究，早期基本看不到中国的案例和成果。人类体质学、人类社会学、人类文化学以及方志学等细分学科概念，大约在晚近才以宗教学的名义传入中国。出生在成都的伊莎白是加拿大籍人，这让她比大多数中国人更有机会接受西方人类学教育。作为较早在中国进行人类学研究的学者，伊莎白在四川藏羌彝走廊、重庆璧山等地的人类学研究，应作为中国对人类学学科研究做出的特殊贡献，写进人类学历史。本书在讲好传主生平故事这个第一任务之外，通过两个智者的视角，展现了一位以中国农村为主场的学者，向人类学研究提供中国案例和成果的艰辛过程。

谭楷在本书的写作中，极善繁简之道。在讲述伊莎白家庭、爱情、婚姻和后代的养护教育上，善用简笔；而在伊莎白面临人生选择、面对人类学研究难题和参与新中国外语人才培养等重要内容的写作时，却不厌其烦，工笔全景、展示细节、探究心理。这种繁简选择，实际深得人物传记写作的玄奥：凡涉思想层面的，必得深刻，务求全面；凡涉个人经历的，但求佐证，略资理解，绝不喧宾夺主。因为前者代表着一种可供咀嚼的普适价值，而后者不过个体经历的偶然。任何时候，猎奇都远远没有启发可贵，而洞穿经验世界的思想游动，才有可能对他者构成启发。这种繁简之道，帮助读者选择何种阅读方式、以何种节奏参与理解共鸣创造了条件。

比较打动我的，是伊莎白在面对回国享受高薪和优质生活还是继续留在中国和苦难的底层中国人共命运这两个选择时的矛盾心理，因为它最大化地呈现了人性的真实。如果说她诞生在成都，在中国农村从事人类学调查是一次次偶然；那么，她面对这几次选择后的最终决定，一定出于爱中国、爱中国的苦难大地和民众，这才是她矢志在中国献出她一生精力的必然。还有一处，她和丈夫大卫·柯鲁克对中国究竟是采取温和变革还是暴力革命才能挽救国家于万一的争论，也异常细腻而真实，它不仅代表着西方不同阵营的两种态度，也同样困扰着同时期为中国寻找出路的无数先行者。她最终选择认同丈夫的观点，正是在现实而深入的人类学研究中探寻到了原因，也找到了接近于现实演进的答案。人类学研究帮助她从一个学者完成了向智者的转变，她的转变也应和着中国革命和国家建设的节奏和方向，这是同时代大多数中国人所不具备的能力和未能得到的机缘。

从这个意义上来看，本书对伊莎白两部人类学著作诞生过程的全景式呈现，本身就是一次大有深意的人类学调查与研究。而伊莎白写于两个时期的两部著作——《战时中国农村的风习、改造与抵拒：兴隆场（1940-1941）》以及《十里店（一）：中国一个村庄的革命》，则可作为本书的两个强大的阐释外延，对我们进一步进入伊莎白的思想和精神世界尤其是对人类学研究的心得和体会，提供最大化的帮助。兴隆场和十里店的苦难历史尽管早已经成为过往，但当代中国人如果通过这两个人类学研究样本得到启发、形成思考，那么，人物传记的故事逻辑基础上的价值逻辑便得以产生。诚如作者在书中所讲，人类学是一门直通心灵的学问。他首先以他者立场进入到了伊莎白的心灵世界，然后，才带领读者，进入到伊莎白及她那个时代少数智者的心灵世界。到此，本书的文本超越故事逻辑，超越时空，完成了传主、作者和读者的精神和鸣。

精神财富：大爱无疆的时代画卷

伊莎白贡献给我们的精神财富，与前述提到的白求恩,还有伊莎白的丈夫大卫·柯鲁克,以及无数没有传记却奉献了一生的国际友人,是一脉相承的。

就伊莎白个体而言,和她健康长寿的生理生命一起成为我们这个时代宝贵财富的,是她高贵的人格和超越了国家、民族和种群概念的大爱精神。这样的财富,这样的精神,我们应该怎样去挖掘,去传承?

在作家谭楷为我们展开的这幅宏大的时代画卷面前,我们意识到:人类学作为一种学科方法,无疑为我们解答这个问题提供了一个非常具有普世价值的入口。像伊莎白那样,超越国家、民族和种群概念,超越政治和文化疆界,去爱、去力所能及地帮助身边的弱者,给予身陷战争或者灾难的苦难者最大程度的同情、教育,无疑是行之有效的方法。同时,建立在一定教养基础上的"文化人类学"还需要更多的智者投入。"人类命运共同体"的提出和践行,正是新时期中国对世界范围内的苦难现实正视、介入和改变的响亮回应和庄严承诺。国家层面超越意识形态、国家疆界的大爱高举旗帜,民间超越历史和地理疆界、文化疆界以及民族疆界的大爱便有了呼应的气势和声势。我相信,伊莎白式的

"我用一生爱中国"在中国还会源源不绝,代不乏人。

愿未来有更多不同皮肤、不同语言、不同文化背景的人,相遇在奔向传承这种精神遗产的路上。

愿伊莎白长寿,愿伊莎白代言的大爱精神永放光芒。

第二十四品 豪　放

天风浪浪，海山苍苍。真力弥满，万象在旁。

——司空图《二十四诗品》之十二：豪放

《阿扣》，韩玲著，四川民族出版社，2022年版

同情与偏爱

——评韩玲对藏地玉观音《阿扣》的文学创造

引言

史学家陈寅恪在《金明馆丛稿二编·冯友兰中国哲学史上册审查报告》中提出："凡著中国古代哲学史者，其对于古人之学说，应具了解之同情，方可下笔。""了解之同情"成为这段报告中的文眼，不仅对哲学史而言，更推而广之至一切历史。这句话自20世纪30年代提出后，在学界广受追捧，遂成陈寅恪先生备受推崇的治史方法，悬为高的，为后来治史者奉为圭臬，并追慕仿效。

但对治史者而言，要做到"了解"谈何容易。仅就材料一项，陈寅恪先生就进一步指出："吾人今日可依据之材料，仅为当时所遗存最小之一部，欲藉此残余断片，以窥测其全部结构，必须备艺术家欣赏古代绘画雕刻之眼光及精神,然后古人立说之用意与对象,始可以真了解。"他提出的"真了解",比后来改一字而相传习的"理解之同情"的"理解",朴素而深刻得多,尤其是"艺术家欣赏古代绘画雕刻之眼光及精神",恰可以成为"真了解"的不二法门。

了解之上,还应有偏爱。治史的最大动力首先来源于兴趣,而兴趣的源头,或许就在于对某一段历史、某一个历史人物、某一个历史事件生出了由衷的偏爱。这偏爱可以让那些被湮没或者被误解的历史,经过文学创造和艺术雕刻,重新发出现实的光芒,并获得更大程度上的了解以及基于了解之上的同情。

作家韩玲以女性特有的细腻,完成了对藏地"玉观音"、清乾隆时期金川土司公主阿扣的文学创造,其长篇非虚构文本《阿扣》建立在"真了解"和偏爱基础上的写作,在只鳞片爪的历史记录里,以新的人文视角对阿扣这个美丽而神秘的藏地女性的一生进行了全景式的雕刻,并对她在清乾隆时期金川之战中的历史位置,进行了全新的阐释,其超越同情而充满了理性的历史探索,为了解金川之战真相的人们提供了一种新的视角和态度。

一、通向"真了解"的唯一通道：
　　对阿扣的发现与雕刻

在金川之战的大历史中，阿扣是一个复杂的角色。在张广泗、岳钟琪、讷亲、傅恒、莎罗奔战守双方的这些大人物遮蔽之下，她这么一个小女子很难走上历史的前台。围绕着她的，有史料，也有传说；有赞美，也有丑化；更多的，却是争议。清人佚名所作《金川妖姬志》，虽然以阿扣为主要人物记录清代这段平定大小金川的史实，但由于作者采用的内容多根据时任云贵总督张广泗某幕僚的笔记，因此书的感情基调是同情张广泗而憎恨阿扣的，对阿扣也以红颜祸水的"妖姬"目之，都不能算是严谨而深刻的"真了解"。

韩玲作为土生土长的金川人，自小就听闻了很多关于阿扣的传奇，对这个美丽而神秘的女人产生过复杂的想象。进入文学创造之后，她开始对这些传奇有了辨识和判断能力，她明白，那些传奇只能作为一个个"段子"而非客观的历史存在。去魅、正名或者活化，文学创造的功能和价值，在这样一个被遮蔽了的历史人物面前，开始慢慢放大。一部宏大、曲折、复杂的金川之战历史内核里，有没有这样一个女子的位置？今天，我们又该如何摆放？韩玲的近水楼台，仅仅是一种地缘关系上的便利，更多的，是她面临着巨大的历史挑战。她首先需要做到对阿扣的"真了解"，其次，才能进一步解决历史观的问题，最后，她还需要回答一个核心问题，阿扣究竟是不是红颜祸水？

我觉得，《阿扣》这个文本最大的价值就在于：它在一众男人主导的大小金川之战大历史中，第一次以一个被遮蔽了的小女人为主角。事实上，在大小金川之战发生之后的近300年历史里，应该有很多人注意到了阿扣这个特殊的女人，但"发现"阿扣的文学创造价值，韩玲却是其中的少数。她自己也坦言，阿扣这个人物在她心里活了很多年。韩玲对阿扣这个人物的发现，超越了一般意义上的注意，而有了"了解之同情"的基础。首先，她"发现"了阿扣在这个大历史中独立存在的价值；其次，她"发现"了历史以来的那些传说或者谬误；最重要的还在于，她"发现"后人对这个历史人物有一些想当然的误解，她必须通过文学创造，为她说上几句话。我想，这是韩玲"发现"阿扣的主要动机。

"发现"之后，最忌的便是穿凿附会，或者依傍传奇，做不负责任的架空想象。韩玲在最大限度地尊重历史的前提下，为活化阿扣这个人物形象，当然有依循史实的神游与冥想。

陈寅恪先生云："所谓真了解者，必神游冥想"，这是"了解之同情"的递进阐释。前载之史料既然稀少，又大多托为传言，韩玲依托史料为阿扣去魅、正名和活化，显然难以达到预期。如此，文学创造的"神游冥想"便发挥了极大的作用。刘勰《文心雕龙·神思》："形在江海之上，心存魏阙之下。神思之谓也。文之思也，其神远矣。"此句在强调作家的精神活动不能局限于一时一地，要超越时间与空间的限制。因此，"神游冥想"便是尽可能打破时间与空间的限制，设身处地地与文学创造下的人物对话，尤其要进入到历史人物当时所处的环境，探究其复杂幽微的心理变化，同时，还要照顾到政治、社会、地理、民俗等问题对历史人物行为产生的影响。这当然不是天马行空的无稽之想,而是思接三百年的神居胸臆与心理呼应。在《阿扣》的文本里,韩玲最大限度地调动了自己的神思与心理,以文思入神的游动与冥想,与生活于三百年前的阿扣对话,然后再以神游冥想以及对话之所得,细致雕刻与传言以及野史不尽相同的真阿扣,实现了对历史人物的"真了解"。

二、女性对女性的同情:
当美丽成为一把利刃,伤得最深的其实是自己

韩玲对阿扣倾注了最大程度的同情,这是我阅读《阿扣》这个非虚构文本最大的体会。

对女人而言,过于美丽始终是一种罪。历史上,这类"红颜祸水"并不少,妹喜、妲己、褒姒、杨玉环……都是祸国殃民的量级。相比之下,阿扣似乎小巫见大巫了。但是且慢,韩玲并不同意将阿扣列入这个人物谱系中。她笔下的阿扣,未嫁前对爱情充满了绮丽的想象,误嫁泽旺后,有对理想幻灭的强烈抗争和反叛,但最后服从于和平安定的大局,不得不做出自我牺牲。这其中,既有小女人的任性,也有大女人的眼光与格局。天赋异禀的美丽容颜,并不是阿扣拿

来祸国殃民的利器,而是追求个人幸福与家族平安的资本,这当然无可厚非。

只是,阿扣不明白,历史总是爱为自己找一个出气筒。

而且,历史的出气筒,常常是备给小人物的,或者备给反面人物的。阿扣只是被历史捉弄了的小人物,并且成为理所应当的反面人物,一不小心做了大小金川之战中乾隆代表的所谓正义一方失利的出气筒。美丽何罪?追求爱情何罪?韩玲以女性对女性的"了解之同情",总是在行文中时不时站出来为阿扣叫屈:她只是战争的裹挟者、男权的附属品和时代的牺牲品,她的美丽是无罪的,她的美丽如果伤了别人,那也是无心的例外而不是有意地布局。而最让人痛惜的是,她的美丽,伤得最深和最彻底的,其实是她自己。

这种同情和叫屈,在写到阿扣之死时达到了高潮。韩玲写即将面对死亡的阿扣,有一种决绝的美丽,此刻,阿扣不希望这美丽是挽回自己祸水命运的利器,而是自我辩解与证明的最后陈述。"她又美丽到楚楚动人了,她从腰间抽出长长的藏刀,面对满军营的将士,语速缓慢、冰凉"……阿扣冷冷地笑了:

"大人，我既然回来了就没有打算活着，我就想问你一句，我怎么不辨是非了，我能左右得到谁？父亲之罪你们大军压境尚不能左右，我一个小小女子能做什么？能做得了什么？欲加之罪，何患无辞！"

这一连串的质问，是韩玲借阿扣之口，把历史强加给阿扣的出气筒甩回去，她把阿扣推到前台来，让阿扣自己说出"欲加之罪，何患无辞"这番辩白的话。她要让读者明白，如果美丽是一种罪，那么，伤得最深的，不是张广泗，不是讷亲，不是岳钟琪，而是阿扣自己，阿扣才是最值得历史同情的对象。

韩玲借助于神游冥想，用文学再造的功夫，完善和丰富了概念化和脸谱化的阿扣形象，并通过入情入理的生命细节填充，弥补了此前所有文献中对阿扣语言和行为系统记录的诸多不足，使阿扣这个历史人物形象由此神完气足，如在目前。

尤其难得的是，她通过这样的文学再造，为《金川妖姬志》笔记和其他传说里的阿扣红颜祸水的形象翻案，还原了一个敢爱敢恨、勇敢追求爱情、心系家族平安的藏地土司公主形象。这在对阿扣的认知和接受史里，是破天荒的史观改造和文学革命，那些因为战争败绩而泼给阿扣的脏水，理应得到时代的清洗。由此，《阿扣》这样一个历史人物的文学创造价值，才能得到体现。

三、转向理性与通往共识：被偏爱的并没有有恃无恐

应该说，韩玲对阿扣这个人物是有偏爱的。

偏爱的价值，在于她在进行文学创造时，可以投以最大程度的热情；但偏爱的风险也同样存在，作者常常会因为偏爱使文学创造不受约束，甚至因为过度的热情，使文学创造脱离了基本的史实。

韩玲显然注意到了这种风险，也因此，她在对阿扣进行文学创造的时候，把握了三个方向。第一，特别注意"始终将文学的创造限制在基本的史实范围"。她的偏爱并没有让阿扣在文学创造里有恃无恐，这样，就使得阿扣的文学创造不至于脱却了基本的史实。从书中大段大段引用的史料来看，韩玲的文学创造始终是小心谨慎的，甚至是在历史的前提下亦步亦趋的。

第二，她的文学创造始终靠近历史和人性的理

性。即便因为"了解之同情"而稍有放纵，她也不忘及时转向，因为理性的文学创造，才是历史人物写作的基本遵循。对于传言强加给阿扣的淫荡和放纵，韩玲理直气壮地进行了"澄清"：她只是勇敢地追求自己的爱情，而面对那些觊觎她的美貌的男人，她只不过是"善于周旋"，而不是"用美貌作为武器，挑起战争"。韩玲要正名，阿扣不是特洛伊中的海伦，战争只是强者的征服欲强加给弱者的。

第三，她的文学创造最终要和读者达成一个共识，即阿扣不是祸水红颜。韩玲只是放大了阿扣对于爱的臆想，历史无须对沉迷于爱的这个女子过于苛责，也不应该把战争的责任强加到一个小女子头上。韩玲理性和通往共识的写作，在多大程度上能获得读者的共情和共鸣，显然需要交给时间去证明。好在三百年都等了，阿扣本人及喜欢阿扣这个人物的当代人，也应该愿意花一点时间，等待有人在这个文本里获得共情和共鸣。

结语

但《阿扣》这个文本还是有诸多不足，如过于尊重史料，使烘托人物性格的虚写或者说符合情理的虚构少了。此外，韩玲对战争的反思也不够，对乾隆的穷兵黩武、好大喜功也缺少必要的反思。

置之陈寅恪先生"了解之同情"理论，韩玲的文学创造，实与陈寅恪先生所讲"中国古代哲学"的理路貌同心同。"著者有意无意之间，往往依其自身所遭际之时代，所居处之环境，所熏染之学说，以推测解释古人之意志。由此之故，今日之谈中国古代哲学者，大抵即谈其今日自身之哲学者也；所著之中国哲学史者，即其今日自身之哲学史者也。其言论愈有条理统系，则去古人学说之真相愈远。"

这句话作进一步阐释，大概是这样的：今日之谈阿扣者，大抵即谈其今日推测解释之阿扣者也。神游与冥想，便是韩玲设身处地回到阿扣所遭际的时代，所处的环境，对阿扣意志和行为做出的最恰到好处的解释。

跋

用司空图的《二十四诗品》中二十四种古典诗的灵境来品读二十四部当代蜀地作家的作品,这无疑是一种冒险,甚至也可以说是对古典传统的一种"冒犯"。但当两年来的当代文学评论热情催生下的作品锱铢积累到二十四篇之后,"二十四品"这个概念便不自觉地形成了。

其实,这部作品最早的名字为《赞歌与谏词》,来源于为作家林小染长篇小说《拼图游戏》所写的评论。但我自知这二十四篇评论作品,"赞歌"居多,"谏词"偏少,拿来用作书名,颇不免有厚颜遮过的嫌疑,所以,当"二十四品"的概念形成后,"赞歌与谏词"的原初理想便只好让位于这个刹那间的"灵光一现"。

这并非一部标准意义上的文学评论作品。我对它有一个自我的定位:介乎书评与文学评论之间的一个中间地带，有我强烈的个人审美和评论标准。我并没有接受过标准而严谨的、与文学评论相关的学术训练，也因此写不好规范意义上的文学评论。事实上，我认为这样阳春白雪的文学评论，由于受到了诸多术语、结构、文法以及学术规范的束缚，遂给一般读者造成了"高不可攀"的庄严感和距离感。另外一方面，言不及义、言不由衷的"读后感"式评论又因为缺少必要的营养尤其是缺少必要的批评而变得寡淡无味，当然对评论涉及的作品本身，也难以起到曲尽其妙、传神阿堵的作用。因此，在学术规范的标准化文学评论和"读后感式"的评论间寻找一个既能无限接近评论作品价值、意义和魅力，又不那么过于板正，过于严肃，还能直抒胸臆、直击性灵的中间表达方式，便成为我品读这二十四部作品的理想。

需要提醒的是，读者诸君万不可用司空图《二十四诗品》中的雄浑、冲淡、纤秾、沉著、高古、典雅、洗炼、劲健、绮丽、自然、含蓄、豪放、精神、缜密、疏野、清奇、委曲、实境、悲慨、形容、超诣、飘逸、旷达、流动来对应品读这二十四部作品的内涵、价值或者意义，它们之间并没有必然的文学联系，只是在某种气质、调性、品格上，和其中的某个关键词更接近一点，甚至只是和作家自身的性格更接近一点——这当然是又一种冒险，即跳出作品的评论逻辑而倾向于作家个人的性格逻辑。我之所以要用这二十四个关键词来品题二十四部当代蜀地作家的作品，并非一定是要抱"司空图"这个古典文学评论经典作品的"大腿"，而是希望在古典文学批评的传统和当代文学鉴赏的个性之间，建立起一种更和谐、融通、互惠的关系。一言以蔽之，我们今天所要说的文学评论，既需要上承一部中国文学批评史的可贵传统，又要体现时代的精神，为此，我相信，"泥古得新"自有它的道理。

之所以将品读的焦点聚焦于"蜀书"，并非我没有面向更宽领域的开放意识，实是我的旨趣使然。实际上，这三年来，我对国内诸如王安忆、贾平凹、余华、徐则臣等大家的作品也多有论及，但因为总体量少，加之自忖非专门论家，难有品牌价值并形成品读导向，因此尚构不成结集的价值。这部作品中所论及的作家，泰半为我所熟悉，并因为工作关系而颇多交往，我相信，"知人论世"自有它的道理。

从类型上来看，小说仍然是我关注的重点作品，"二十四品"中，小说几乎占了一半的分量。尽管我不写小说——至少目前并没有这个打算，但这并不妨碍我对小说充满了强烈的品读兴趣。其次，散文是我品读的第二个文学类型，接近十部，这当然和我选择的写作方向有很大的关系。同时，也和这种文学类型饱含丰富的个人情感以及历史记忆有很大的关系，在我看来，这正是文学品读最有价值的取向，无论何时，真情实感仍然是写作最宝贵的品质。此外，还有两部诗歌作品，也在我的品读选择内。我对当代诗歌素来有距离感，概因我触摸不到当代诗歌的神韵，所以，品读诗歌作品便成为我的禁区。之所以要选择《钓鱼城》和《像李商隐那样写诗》这两部作品来品读，也完全是兴趣使然：前者有一篇很有价值的注释，它和古典诗注的传统和方法大为相关；后者因为关注到李商隐这个唐代最有争议、也最有言说价值的诗人，而让我产生了极大的介入兴趣，为此，我也相信，"兴趣介入"也自有它的道理。

不厚名家、不薄新人，这是我选择这二十四部作品进行品读的又一个取向。本书中论及的作家，自然有罗伟章、蒋蓝、马平、向以鲜等当代名家，也有张书林、赵琨这样的新锐，更有文学素人，如茶人唐丽娟女士，他们的作品或新锐，或在某个特定的领域呈现出可贵的专业精神而有了传播推广的价值。他们因着这样特殊的价值进入我品读的视野，并成为我热情"赞歌"与诚意

"谏诤"的选择，自有一种缘分存在，他们在被言说、被关注和被推荐以求让更多人看到这个点上，和上述名家是平等的。再小的个体，也有自己的品牌。微信公众号的这个定义，尽管有着强烈的商业招徕意味，但因为传达出了这种可贵的平等意识而有了援引分享的条件，我相信，这句话正是我想要表达的选择取向：再"小"的作品，也有自己的价值。我希望更多人去关注这种"小"，因为，没有哪个作家生来就是"大"的，或者"知名"的。事实上，大小、知名与非知名，只是相对而言，而非绝对如此。

诗无达诂，同样，对当代文学作品的品读，也同样没有统一的标准，建立在精读、细读、比较阅读基础上的个人品读，当然在"标准"之外。但是，真正的当代文学评论标准究竟是什么？我相信它也在随着时代的演进而处于动态变化之中，或者，它在由更多元的价值观和审美标准所集体构建，任何个人的标准，在尚未成为《二十四诗品》这样的经典之前，必然会经受时间的检验和读者的检验。对这些品读文字，我从没有想过它们成为经典，只求为开放和多元做出一己贡献。如此，我要感谢那些刊发这些作品的刊物和融媒体平台，它们以极大的开放精神，宽容和接纳了这二十四篇品读文字。

我相信，通向文学评论的未来之路，一定是更开放、更多元、更自由的。

我唯一不相信的是：未来的文学评论由赞歌和谀词主导，而批评和谏词会变得越来越稀少。这不仅关涉一种文学的风尚，更关乎文学的尊严。我愿意和大家共同努力。

庞惊涛

2022年5月4日于温江云楼阁